星空病院
キッチン花

渡辺淳子

角川春樹事務所

序章

「そろそろ出してくれたまえ」

シェフが声をかけると、アシスタントが冷蔵庫から、ボウルに入った肉ダネを取り出した。ラップを取り去ると、みじん切りのにんじんと玉ねぎの混じる、牛と豚の合いびき肉が白っぽくいい具合にまとまっていた。

「では」

シェフはゆで卵が六つ載ったバットを引き寄せた。ひとつひとつに、刷毛(はけ)で丁寧に小麦粉をはたきつける。そして肉ダネを、ゆで卵を包むようにまとわせる。

「君は原型に忠実な卵型にするのが好みかね？　それとも短い葉巻型？　あるいは真ん丸い超球型？」

手を動かしながら、シェフがたずねた。

アシスタントはややうんざりした顔で、「強(し)いて言えば、球型にするのが好きですね」と応じる。この手の不毛な議論に、いつも付き合わされているからだ。

「ふむ。確かにその方が作りやすい。が、火の通りを均一にしようとすれば、原型に忠実は」

「卵を横方向に切ると、美しくないかもしれない。しかし縦に切り分ければ、統一感は出る」

「しかし卵の周りに、肉ダネを均一な厚みでつけるのは、難しいですよ」

「いかにも。卵が軟らか過ぎて、押しつぶしてしまいそうだ。そして私は、肉ダネは厚い方が好きだ」

シェフはそう言い、ベタベタとした肉ダネで覆われた卵を手のひらに載せて宙に掲げ、

「いっそのこと、皿型、いや、アダムスキー型にするのはどうだろう」と、目を輝かせた。

「バカなことを言わないでください。UFOじゃないんですから」

「……そうだな。確かに火の通りが不均一となる。アダムスキー型はスコッチエッグには向かない」

アシスタントに一蹴(いっしゅう)され、シェフは少し、しょぼんとした。

それからふたりは無言で作業を続け、少しいびつな球型のかたまりを六つこしらえた。

かたまりに直接パン粉をまとわせる。本来なら小麦粉、溶き卵、パン粉の順だが、それでは衣が厚くなり過ぎる。

「では……どうするかね？」シェフが上目づかいでたずねた。

アシスタントはシェフを見つめ返すが、口には出さない。

「……やはり、あれで決めるしかないようだな」

あきらめたようにシェフがつぶやくと、ふたりはおもむろに、じゃんけんを始めた。二回のあいこのあと、アシスタントがパーで勝った。

「くそっ」

「先生はグーを出す癖がおありですから」

アシスタントは得意げに言い、大きな天ぷら鍋を火にかけた。

今度こそ、自分が成功させたいと思っていたシェフだったが、アシスタントに花を持たせることにした。

気を取り直し、ピーマンと玉ねぎ、ロースハムを細切りにする。にんにくはみじん切りだ。トントントンと、まな板と包丁の奏でる小気味のいい音が、厨房に響く。

「この包丁、よく切れるぞ」

「今朝、研ぎましたから」

天ぷら鍋の揚げ油の中に落としたパン粉が、全体にゆっくりと広がるのを見て、アシスタントは応えた。その声音には、「自分が研げと言ったくせに」という不満めいた色があるが、シェフは気づかない。いつものことだ。

アシスタントはそれ以上なにも言わず、両手で球型、いやＵＦＯではないので、球形と言う方が正しいだろう、パン粉をまとったかたまりを持ち上げ、そろっと天ぷら鍋の中に沈めた。ぱちぱちと音を立て始めたサラダ油の中に、アシスタントは次々とかたまりを入れてゆく。

「温度には気をつけてくれたまえ」

「わかっております」

シェフの注意に、アシスタントがちょっと反抗的に返事をした。それもいつものこと。

シェフは鼻をふっと鳴らし、天ぷら鍋の横のコンロにフライパンを置き、オリーブ油を垂らした。みじん切りされたにんにくを投入したのち、ガスを点火する。

「いい天気だ」

「ええ本当に」

大きな窓から、穏やかな太陽の光が室内に降り注ぐ。草花が光合成で活気づくだろう。

「もういいんじゃないか？」

「いいえ。低温で始めましたので、七分は揚げないと」

シェフの催促にアシスタントは動じず、自分の左手首の腕時計をにらんでいる。

フライパンから、にんにくの香ばしいにおいが立ってきた。

シェフはコンロの火を強くして、細切りにしておいた野菜とハムをフライパンに入れた。

菜箸でじゃじゃっとかき混ぜ、あおりながら手早く炒める。先にゆでてあったスパゲティも炒め合わせ、塩胡椒を軽くふり、最後にトマトソースで味つけをした。

「よし。もうできるぞ。そっちはどうだ？」

「はい。こちらもちょうど、いいころかと思います」

シェフが三枚の皿に、スパゲティナポリタンを等分に盛りつけるタイミングで、アシスタントは天ぷらバットにスコッチエッグを引き上げた。ふたりとも期待半分、不安半分といった面持ちだ。

「そろそろ、呼ぶか」

「そうですね」

シェフが白衣のズボンのポケットから院内PHSを取り出すと、アシスタントは、中型のアルミ鍋を火にかけた。冷蔵庫から赤味噌も取り出す。

アレカヤシやサンスベリア、ガジュマルといった緑の置かれた部屋の円テーブルに準備が整ったころ、呼び出された人物が現れた。

「ああ、いいにおい。さて、今日はどうかしらね」

瘦身の女性は言いながら、頭上の三角巾をはずした。茶色い短髪があらわになった女性の耳たぶに、シルバーのピアスが鈍く光る。職場環境を考えると、あまり派手なアクセサリーは好ましくない。このあたりが妥当、といった控えめなピアスだ。

「ふっふっふ。今日は大丈夫だ」

「こうご期待。ですよね、先生」

ふたりを高みから一瞥するようにして、女性が席に着くと、アシスタントがペティナイフとフォークを持って女性の脇に立った。固唾を飲んで見守るシェフをチラ見し、ナイフを女性の皿の上のスコッチエッグに差し入れる。

「おおおおお」

縦半分にきれいにカットされたスコッチエッグから、鮮やかな卵の黄身がとろりと流れ出した。と、同時にまわりの肉ダネから透んだ脂が浸み出し、ほんわりと湯気を上げる。

「大成功です……」

アシスタントは感慨深げだ。シェフは自分の食べるスコッチエッグをふたつともカットし、「こちらも成功だ」と、うなずいた。

「全部見事な半熟ね。黄身はまったく固まってないし、あったかいし。今回はうまくいったじゃないの」

六つすべてのスコッチエッグの黄身が流れ出すのを確認した女性は、ふたりの苦労も知らないで、無造作に自分のスコッチエッグに中濃ソースをドバドバとかけた。もうしばらく、見とれてやってよ。

「やっぱり卵は沸騰してから、ゆでが三分ですね」

アシスタントは、この日初めての笑顔である。

「卵も肉ダネも冷やすのがコツなんだよ」

「そして七分揚げる。憶えておきましょう」

「もうこれからは、失敗しないぞ」

「ここまで、長い道のりでした」

シェフとアシスタントは、互いの手を握らんばかりに喜んでいる。

「それはそうと、パン粉ですよ。言われた通りに、硬くなったフランスパンの真ん中をおろして作りましたが、いかがですか？」

「大正解ね。油切れはバッチリで、風味もいいし。スコッチエッグは生パン粉じゃない方がいいのよ」

遅ればせながら、アシスタントが揚げ衣についてたずねると、女性は口を動かしながら、OKマークを指で作ってみせた。

「衣も薄いし、コゲもないから助かるわ。硬いと口の中が痛くって」

女性が生のパンでなく乾いたパン、食パンでなくフランスパンを衣にすることを勧めたのは、自分の都合もあったようだ。フランスパンは、食パンのように砂糖が使われていないため、コゲづらいのである。

「あんたは差し歯が二本あるからな」

「うるさいわね」

女性に嫌味を言ったシェフは、スコッチエッグを大口でぱくりとやり、直後にムセた。

「あらあら、センセ。もういいお年なんだから、ゆっくり食べなさいよ」

お返しとばかりに、しわだらけの顔をニヤつかせる女性をにらみつつ、シェフは何度も咳を繰り返した。アシスタントは我関せずで、味噌汁をすすっている。

「私は、君より、ゴホッ、十も、ゴホッ、下の、年下の男の子だ」

「あら、そうだったの。そしたら真っ赤なリンゴを頬ばってもらわなくちゃ」

懐メロの歌詞でシェフをいなし、女性はナポリタンを口に入れた。

「このスパゲティ、おいしいじゃない。しっとりしてるし」

「うむ。にんにくが決め手だ」

ほめられると、シェフの機嫌は途端に直る。ようやく咳もおさまってきた。

「ただのケチャップじゃないところがいいわね」

「はい。この間のチキンカツのソースで余ったものを使ったんです。ねえ、先生」

そうして三人は、スコッチエッグ、スパゲティナポリタン、レタス・きゅうり・キャベツのグリーンサラダ、えのき茸と長ねぎの味噌汁、白飯、大根とセロリの浅漬けを食べ終えると、ほうじ茶の入った湯呑を手に、ほう、とひと息ついた。

「お。チューリップが少し咲いてきたんじゃないか」

シェフが部屋の壁際にある、白いプランターを見ながら言った。

「ええ。ピーチブロッサムは早いですね」

アシスタントは目を細める。サンルームの中では小ぶりな啓翁桜（けいおうざくら）の鉢植えも、ピンクのつぼみを膨らませている。

「いよいよ、花の季節がやってくるってわけね」

ほうじ茶をすすって、女性がしゃがれた声で言うと、男性ふたりはゆっくりとうなずいた。

星空病院　キッチン花

目次

第一話

A8病棟のバカ貝

病棟のスタッフ中で一番のっぽの大澤恵が、小柄な高貝志穂に視線を向ける。キツネのようにつり上がった大澤の目で見下ろされると、蛇ににらまれたカエルのように、志穂は身動きできなくなる。

「大丈夫なんでしょ？」

星空病院A棟8階病棟の六人部屋。出入り口からすぐの1ベッドに横たわったまま、寺西は不安げにたずねた。ちなみにベッドの位置は、入り口右側から奥に向かって、1、2、3、反時計回りに左奥から4、5、6ベッドと、ナンバリングするのが星空病院の習わしだ。

「大丈夫です。三十分ほど遅れそうですが、大きな影響はないと思います。ご心配おかけして申し訳ありません」

大澤が滴下筒を見ながら説明した。志穂も慌てて頭を下げる。

「三十分くらい遅れたって、俺はかまわないよ。どうせ暇なんだし。大丈夫、大丈夫」

寺西はそう言って、老いた頬を緩めた。昨日、TUR-Bt（経尿道的膀胱腫瘍切除術）を受けた寺西は、追加治療で抗がん剤の膀胱内注入もされているが、八十三歳のわりには元気な男性患者である。

志穂は寺西の反応にホッとしながら、大澤の後ろについて病室から出た。

それにしても大澤はすらりとしている。十四年もストレスの多いこの仕事に携わっているのに、どうして太らないのか。あっという間に、ぽっちゃり体型となった志穂には、謎でしかない。

ナースステーション隣の処置室に入るなり、大澤は志穂にたずねた。

「点滴、見てなかったの？」

「見てました」

そう、志穂は見ていた。キッチンタイマーをセットして、途中で確認しにも行った。

「見てたのに、どうしてあんなに点滴が残ってたの？」

志穂は首をひねる。寺西が腕を曲げたからかもしれない。あんなに頼んでおいたのに。

「あのままでは、二時間は遅れるところだった。寺西さんは心臓も良くないから、そんなに点滴のスピードを上げられないし」

「二時間も遅れてないです。三十分です」

「早く気づいたからでしょっ。私が見なかったら、どうなってたと思うの？」

大澤がキレ気味に言った。志穂は丸い目を伏せ「すみません」と小声で謝る。これは立派なパワハラでは。しかしミスがミスなので、ちょっと言えない。

「それから、患者さんのベッドサイドで、大きな声を出してあたふたしないで。私たちはどんなに経験が浅くとも、免許を得たときからプロと見なされる。ミスをしても、自分の気持ちは脇に置いて、ミスの影響が最小限になる行動をとるのがプロフェッショナルよ」

声を荒らげたことを反省したのか、大澤の口調は元に戻った。しかし、低音で重いことを言われると、余計に腹にズンと来る。

「まーた、見、て、た、だけなんじゃないの？」

処置室で、点滴チューブに輸液を満たすプライミングをしていた鹿島が、笑いをかみ殺すように話しかけてきた。鹿島は高校生と中学生の子を持つベテランナースである。

「高貝ちゃん、こうやってさ、点滴がぽたぽた落ちるのを、じーっと見てるだけなんだもん」

鹿島は「気をつけ」の姿勢になり、一点を凝視した。約十一か月前、「点滴見て来て」と先輩ナースに言われた志穂が、文字通りの行動をとったのを、鹿島はいつまでも茶化すのだ。

「そんなこと、もうしてません」

さすがに今は、「点滴を見る」ことが、「点滴が時間通りに進むよう、滴下速度を調節する」ことだと知っている。しかし大澤の目には、疑いの色が浮かんでいる。

「高貝さんはただの水でも、輸液ポンプを使ってちょうだい」

補液のような点滴でも、文明の利器に頼れと大澤に命じられた。ちょっと屈辱。看護師として最低限の技術がないと言われたも同然だが、志穂はうなずかざるを得ない。

そこへ徳田陽香がやって来た。

陽香は志穂と同時にＡ８病棟に配属された新人だ。かわいい上にデキが良く、どうも友だちになりきれない。陽香に志穂が勝てるのは、足首の細さだけだ（誰も見ていないだろうけど）。

「金さんの内服薬なんだけど」

陽香のセリフに、志穂は再び青くなった。

ヤバい。すっかり忘れてた。金さんに、「これを飲むと、気持ち悪くなる。絶対飲まないといけないか、先生に聞いて」と、内服薬の確認を頼まれていたのだ。志穂から返事がないので、陽香に同じことを頼んだのだろう。

時刻は十五時半を過ぎている。金さんに頼まれたのは十二時半。大変だ。三時間以上も金さんを待たせた。てゆーか、食後薬を三時間も内服させなかった。

「今すぐ先生に聞いてみる！」

「ううん、大丈夫。もう終わっちゃった」

陽香がとびきりの笑顔で志穂に告げた。

「ちょうど竹内先生がいたから、聞いたの。一時中止ＯＫだって。患者さんにも伝えといたから」

大澤がまた大きなため息を吐いた。

「あの、そのとき、すっごく忙しくて、他にも頼まれたことがあって……」

「忙しかったのなら、どうして誰かに頼まなかったの？」

わかっちゃいるが、志穂はできないのだ。患者になにかを頼まれたら、使命感がメラメラと燃え上がる。そして志穂は、ふたつの仕事を同時に進めるのが苦手だ。

だいたい「泌尿器科・脳外科・化学療法科」なんてややこしい病棟に、志穂を配属した病院が間違っている。のんびり内科系の志望だったのに。

就職したとき、配属希望先を十まで書くよう言われ、仕方なく第十希望欄をＡ８病棟で埋めたのだ。噂では、アンケート内容を決めたのは名誉院長らしい。「十もあれば、配属先の不満を希望だとかわせる」からだそう。なんと姑息な、なんてヒドい医者であろうか。

と、なにげなく横を見ると、処置室とナースステーションをつなぐ出入り口付近に、砂川が立っていた。

がーん。先生はいつからあそこに……。志穂は前髪の位置をさりげなく確かめる。

砂川は現在泌尿器科研修中の独身男性医師だ。妻夫木聡似の三十歳で、志穂の憧れの存在なのだ。

砂川はちらりと志穂らに視線を寄越(よこ)したが、すぐに壁のホワイトボードに目を戻し、思案に戻った。

これ以上、砂川先生の前で恥をかかせないで……。

そこへ、同じ看護チームのリーダー田中(たなか)が処置室に入って来た。志穂を探していたと目顔で言っている。もしかして、他にもやらかした？

「高貝さん、北川(きたがわ)さんの術後経過、どう？　報告待ってるんだけど」

「あ！　三時間後のバイタル取るの忘れた！」

志穂が処置室を慌ててとび出すと、「バカ貝ちゃん、四月から後輩ができるのに、大丈夫かしらねえ」という、鹿島の嘆息が聞こえた。

その日、志穂が寮の自室に帰れたのは二十一時を回っていた。寺西の点滴遅れのインシデント・レポートを書いて、遅くなったのだ。この約一年で、この手のレポートを何回書いたことだろう。命にかかわる重大事故を起こしていないことだけが救いだ。

志穂は、マンガや看護学雑誌、食べかけのポテチ、卓上ミラーやリップクリームなどで散らかったこたつの上からリモコンを探し出し、エアコンのスイッチを入れた。三月半ばの東京はまだ寒く、人気(ひとけ)のなかった部屋の空気は冷え冷えとしている。

コートを着たまま、ベッドの上に倒れこんだ。脚は棒のようだし、凝った肩は石のよう。電子カルテとにらめっこし続けた目の奥はじんじんしている。

病院敷地の隅にある、七階建ての寮の三階に志穂の部屋はある。小さなキッチンとユニットバスつきの１Ｋ。六畳ほどのフローリング居室ですることといえば、食べて寝るだけ。ゆえに、床に散らかった洋服や小物を、片づける気は起こらない。

「もう仕事辞めたい……」

四月に六十六人入った同期の新人は、これまで九人退職した。ひとりはＧＷ（ゴールデン・ウィーク）前にいなくなった。志穂は彼女らの勇気をうらやましく思う。

ふたり一組で仕事をするパートナーシップ制度は、いつまで経（た）っても導入されないし、就職したてのころは、あんなにやさしかった先輩たちは、三か月もすると豹変（ひょうへん）したし、なかなか仕事ができるようにならないし、毎日誰かに叱（しか）られてるし。

「しかし、腹は減る」

志穂はむくっと起き上がり、キッチンの電気ケトルに水を満たし、スイッチを入れた。入寮時に鍋（なべ）やフライパンをひと通りそろえてみたものの、この一年、ゆで卵とインスタントラーメンくらいしか作っていない。仕事から帰ると疲労困憊（こんぱい）、料理をする気は起こらない。

志穂は居室に戻り、ベッドの上にどっかと腰を下ろした。スマホをいじってＬＩＮＥを確認する。龍太郎からの連絡はない。

「あいつ、なにしてんだろ」

龍太郎は同い年の会社員で、一応カレシだ。秋に六対六で友だちと参加したバーベキューのメンバーで、ピーマンの処理にもたもたしていた志穂に、「へたと種を丁寧に取ってくれて、ありがとう」と、ほめてくれた男子だった。

まだ付き合って半年にも満たないが、最近デートをしていない。五回ベッドを共にしたあたりから、連絡が滞り出した。仕事が忙しいらしいが、どこまで本当だろうか。

シングルベッドに背中を倒したとたん、ケトルのスイッチの切れる音がした。

志穂は身体を起こし、醤油味のカップラーメン・メガサイズにお湯を注いだ。昼休みに売店の焼き肉弁当を食べて以降、固形物を口にしていない。お腹と背中がくっつきそうだ。

カップラーメンとレジ袋を手にして居室に戻り、テレビを点けた。ザッピングしながら、金さんに謝りに行ったときのことを思い出す。金さんは志穂を許すだけでなく、慰め、励ましてもくれた。志穂は自分が情けなかった。

もし本当に仕事を辞めたら、どうなるだろう。

他の仕事じゃ収入激減、都心のこんな部屋には暮らせない。転勤なしの中小企業で働く龍太郎とは、もれなくフェードアウトとなるだろう。第一、すごすご田舎に帰るのはカッコ悪い。有名大学病院にも引けをとらない、星空病院で働く志穂に、故郷の人々は感心してくれているのだ。

例えば東京でも、今のような大病院でなく、ややこしい医療処置のない診療所や老人介護施設に、こっそり転職するのはどうだろう。

いや、だめだ。医療経験値が乏しいままだと、どこで働いても、いざというときに役に立たないと、先輩から聞いている。

ふと、あの女性の顔が頭に浮かんだ。看護師になることを志穂に決心させた、口元にほくろのある、やさしい女性ナースだ。

志穂は中学一年生のとき、膀胱炎になった。トイレが近いのに、あまり出ないなと思っていたら、三日後には痛みで用を足せなくなってしまった。

車で一時間もかけて総合病院を受診すると、がまんし過ぎだと医者に叱られた。母親には自己管理が甘いとあきれられた。

長椅子（ながいす）に腰かけてしくしくと泣いた。これからどうなるのか、とにかく不安だった。すると、その女性看護師は志穂の横に座り、「一緒にがんばろう」と、手を握ってくれたのだ。

柔らかくて温かい手だった。病気を治すための注意事項を、部活や授業時間を踏まえて具体的に説明し、錠剤が苦手な志穂に、飲み方のコツも教えてくれた。

とたんに不安は吹っ飛んだ。

「こんなに人を安心させられる仕事はない」。志穂は感激して、将来を定めたのだ。

あの人のように、患者に安心感をあたえる看護師になりたい。

でも、自分はなれるのか？

メガサイズのカップラーメンを一気に腹におさめた志穂は、迷いをごまかすように食べ続ける。

ラーメンの汁がコートの袖に飛んでないかを見て、レジ袋からカレーパンを取り出した。売れ残りだったが、ハングリー・イズ・ベストソース。油が回ったカレーパンでも十分イケる。

ペットボトルの緑茶をガブ飲みし、五種類の具のジャンボおむすびのパッケージを剝いた。大口で頰ばると、昆布と梅干しのうまみが口に広がった。シーチキン・マヨネーズとおかか、炒め高菜が、海苔とご飯にミックスされ、なんとも言えない。

部屋も身体も温まってきた。コートを脱いで、エアコンの風量を強から弱へと切り替える。

メロンパンを食み、カスタードプリンを平らげる。曖気、つまりげっぷを盛大に部屋にぶちまけ、無視していたテレビに目を向けると、天気予報を伝えるお姉さんが、「ピンク色が濃くなった」と、桜のつぼみをバックにしゃべっていた。

ウエスト、チョー細い。なにを食べてるの？　思わずたずねたくなるスタイルの良さだ。

以前ベッドの中で、龍太郎に腹の肉をむにゅっとつままれたことを思い出す。「百科事典級の厚み」という指摘は笑ってごまかしたが、真剣に考えた方がいいのかもしれない。就職してから、六キロも体重が増えた。毎日こんな食事をしているせいだ。ストレスが志穂にドカ食いを強いる。この苦行はいつまで続くのか。

食べ過ぎた罪悪感をごまかすように、スマホを手に取った。龍太郎は志穂のメッセージを、既読スルーしたままだった。

＊＊＊

「酒井光夫さん」

面会室の椅子に、ひとり腰かけていた男性患者は無言だった。身じろぎもせず、志穂を凝視する。七十四歳だというが、角刈りされた髪は太く、身体つきもがっしりとしている。

「遅いじゃねえか」

今日の志穂は、入院して来る患者を割り当てられている。つまり志穂は、酒井が入院している間の責任を持つ、担当看護師となるのだ。

「お待たせしてすみません。ちょっと、他の患者さんの対応をしていたので」

腕組みしたままの酒井に、緊張しながら謝った。時刻は十時十五分。入院患者は九時半から十時の間に病棟に到着するので、確かに待たせたかもしれない。

「他のヤツらは、ちゃんと十時に看護師が迎えに来て、さっさと連れてかれたぞ」

今日は他に三人の入院患者がいる。

「すみません、本当に。申し訳ありませんでした」

「あんたが俺の担当か？」

「はい。これから担当させていただきます、高貝と申します」

「あんた、何年この仕事やってんだ？」

「去年の四月に入ったので、一年弱です」

「やれやれ。俺の担当は時間にルーズな新人か」

かーっ。もしかしたらモンスター・ペイシェントかも。カンファレンスルームに酒井を案内しながら、志穂は心中で舌を打つ。

身構えて、現病歴などの聴取にのぞんだ。が、しょっぱなから悪態をついたわりには、病気や生活状況を、酒井は素直に語った。健診で引っかかり、検査の結果、膀胱腫瘍が見つかったとのこと。明日ＴＵＲ‐Ｂｔを受け、順調なら四日後には退院だ。高血圧症で内服中。元大工で、独立した息子がふたりいるが、今は妻とふたり暮らしらしい。

「ベッドはこちらです」

情報収集も無事終わり、６号室に案内すると、酒井は六人部屋の２ベッドを割り当てられたことに不満を述べた。

「真ん中のベッドだなんて、聞いてねえぞ」

「申し訳ないんですが、ここに決まったんです」

こういうときこそ、クッション言葉だ。なにか言う前に、「恐れ入りますが」「お手数ですが」などの言葉で印象を和らげ、不必要に患者を怒らせないようにする。研修でさんざん練習させられた。

「今日入院した他のヤツ、5号室の角っこじゃねえか。俺をここにした理由はなんだ?」

廊下を歩いているとき、病室の中が見えたのだろう。クッション言葉も功を奏さず、志穂はがっかりする。

「ベッドの位置は看護師長が決めるので……」

「俺も角にしてくれ」

「今、満床なんです。空きベッドがないんです」

「ホテルが満室でも、どっか空いてるもんだぜ」

「ホテルと病院は違います」

「患者が快適に療養生活を送れるように配慮するのが、あんたの役目じゃねえのか」

大部屋のベッドの位置など、ある意味、運でしかない。そんなに気になるなら、有料個室を希望すればいいのに。

「落ち着かないということでしたら、個室もありますが……」

「個室？　今から入れんのか？　治療と別に金を払わないといけねえんじゃねえのか？」

「あ、今すぐっていうのは無理かもしれませんけど。差額ベッド代はふたり部屋で一日一万二千円。ひとり部屋だと二万五千円です」

「ベッドだけで十万円！　そんな金、払えるわけねえだろ。俺は大部屋でいいんだ。ベッドの場所が問題なんだよ」

「では、男性部屋で角ベッドの空きが出たら、ご案内します」

「そうかい。じゃあ、今日案内してくれ」

酒井は床頭台(しょうとうだい)に荷物を片づけようとせず、ボストンバッグを手に、さっさと病室を出て行った。面会室に向かっているようだ。そこでベッドが準備されるのを待つつもりらしい。

仕方なくナースステーションに向かって歩いていると、廊下をクロスのモップで拭(ふ)いていた清掃員に話しかけられた。

「どうしたの？　深刻な顔しちゃって」

見れば、いつもの清掃員ではなかった。同じ制服だから、替わりの人だろう。

「患者さんから無理難題をふっかけられちゃって……」

「看護師さんは笑顔が大切よ。スマイル、スマーイル」

おばさんというより、おばあさんといった方がよさそうな清掃員は、顔のしわを深くして、ニーッと笑う。三角巾(さんかくきん)に包まれた頭はベリーショートで、結構な茶髪だ。メイクもバッチリな人懐っこさに、元は客商売でもやっていたのかなと、志穂は思った。

「そうですね。気をつけます」

思わずつられた志穂は、ナースステーションに戻り、笑顔で看護師長に相談した。

「満床でどこも空いてない。個室も空かない。明日退院の患者はふたりとも真ん中ベッドだし、他の患者にも頼みづらい。ちゃんと説明して、協力を仰いでちょうだい」

師長は志穂につられることなく、顔をしかめて言った。志穂は笑顔を引きつらせて引き返す。酒井に怒鳴られるのではと、心臓がバクバクしている。

「患者が落ち着かねえって言ってるのに、そういうことを言うのか、この病院は」

予想通り、酒井はギロリと志穂をにらんだ。

「でも、真ん中のベッドで入院生活を送っている方は、他にも大勢おられますし」

「他のヤツは知らねえよ。問題は俺の気持ちだ」

「はあ……」

「そもそも、なんで俺のベッドの位置が、真ん中になったんだ？」

「わかりません。たまたまだと思います」

「誰が決めたんだ」

「だから、看護師長です」

「理由が聞きたいね」

志穂はまた、ナースステーションに戻った。さらに笑顔が引きつっている。

「入り口側の1ベッドや6ベッドはサイドスペースが広いから、車椅子や歩行器を使う人に優先して当てるの。あと寝たきり全介助の人ね。こちらが頻繁にベッドサイドに行くことになるから。反対に窓際の3ベッドや4ベッドは、歩行可能でも手すりの必要な、高齢者や脚の不自由な人を優先してるの。入り口側よりスペースが狭くて、壁の手すりにつかまりやすいから。酒井さんはＡＤＬ（日常生活動作）に問題ないんでしょう？」

　そうだったのか。適当に当てはめているとばかり思っていた。どうりで先輩たちが、患者のベッド位置を変更する際、あれこれと話し合っているわけだ。

　志穂は今さらながら感心し、スマイルを作り直して、酒井のところへ戻った。

「でもヤツは、足腰ピンシャンしてたぜ。あんたを待ってる間に聞いたら、ヤツも俺と同じ病気で、同じ手術を受けるって言ってた。どっちも同じ元気な患者なのに、ヤツは角っこで、俺は真ん中ってのは、どういう道理か聞きたいねえ」

　そこは本当に運だろう。だがそう言っても酒井は納得しないに違いない。志穂が笑顔を固まらせていると、同チームの田中が、慌てたように面会室にやって来た。

「高貝さん、東村さんのオペ出し準備、やってないの？」

「あ」

　酒井との問答で、すっかり忘れていた。東村は今日の泌尿器科オペの三件目の患者だ。

二件目のオペが終わって、オペ室から電話がかかってきたに違いない。

「十五分後に、オペ出ししろって」

マズい。東村はまだ術衣に着替えてもいない。出棟時に点滴する抗菌剤の準備もしていない。オペ出し準備に当てるはずだった時間を、全部酒井に取られたからだ。

「まさか、全然やってないの？　ちょっと、大急ぎで準備しないと！」

田中は血相を変えて、走って行った。続こうとする志穂の背中に、「俺のベッドはどうなるんだ？」と、酒井の声がかかった。

「え、あの、それは……」

「あんたの上司に理由を聞いて来てくれんのか？」

「私、他の仕事が……」

「俺はそっちより、大事じゃねえってのか」

プチパニックを起こした志穂に、手を差し伸べるように、背の高い看護師が現れた。

「酒井さん。申し訳ありませんが、高貝は急ぎの仕事があるので、よろしければ、私がお話をうかがいます」

大澤は酒井の隣に腰かけ、志穂に「早く行け」と目で合図した。

すっかり笑顔が消えた志穂は、ぺこりと頭を下げて立ち去った。途中で少し振り返ると、ふたりは普通に話を始めていた。

田中に全面的に手伝ってもらい（というより、ほとんど田中がやってくれた）、志穂がオペ出しから病棟に戻ると、酒井は6号室の2ベッドでなく、7号室の4ベッド、窓際の左端で荷物の整理をしていた。家族に不幸があったとかで、前の患者は急遽退院となったらしい。そこで大澤が、素早くベッドの位置変更を差配したのだ。

「大澤さん、どうもありがとうございました」

珍しく大澤は、オペ出し遅れを責めなかった。実際に酒井と話して、文句の多い患者の相手で大変だったと、感じたに違いない。味方ができたようで、志穂はうれしくなる。

「とても繊細な方ね。退院が出たのはラッキーだったわ」

「繊細っていうか、細かくてしつこいっていうか。大工さんって、ああいう人が多いんでしょうか」

志穂のセリフを否定も肯定もせず、大澤は苦笑した。いつもなら「職業で人を判断するな」と叱られるはずだが、なにも言われなかった。主任看護師と対等になれた気がして、志穂の気持ちはグッと上がった。

ともあれ夕方まで、このうるさい患者と付き合わされることに変わりはなかった。

「見てみろよ、この鮭。電子レンジでチンしただけだろ。食えたもんじゃねえ」

「寝る前に、睡眠剤飲んだ上に下剤も飲んだら、夜中に粗相しちまうんじゃねえか？」

「なんで男用のストッキングなんか、履かなきゃいけねえんだ」

昼食から手術の準備にいたるまで、酒井はケチをつけ通しだった。志穂は頭をフル回転させ、ひとつひとつ説明した。

「焼き目がついているので、レンチンじゃないと思います」

「男性じゃなくて、弾性ストッキングです。麻酔中は筋肉が弛緩して、脚の血の流れも悪くなるので、血栓予防のために履く必要があるんです」

「下剤の効果は緩やかですし、睡眠剤は麻酔ではないので、トイレに行きたくなったら、ちゃんと目が覚めます」

志穂が他の患者のケアをしている間も質問の手は緩まず、話しかけられた他のスタッフは、わざわざ志穂を呼びに来た。その度に志穂は、酒井の元へ駆けつけねばならなかった。ただでさえ仕事が遅いのに。ひとつのことに取り組むと、他の仕事は考えられないのに。志穂は午後いっぱい、訳がわからなくなるほど、走り回らされた。


日勤が終わる十七時。酒井は主治医の戸田から、明日の手術の詳しい説明、ＩＣ（インフォームドコンセント）を受けようとしていた。酒井の妻は都合が悪いらしく、本人だけの参加だ。志穂はカンファレンスルームで酒井の斜め後ろに座り、一緒に耳を傾けた。

「どうも外来で聞いた話と違うな」

十分間、立て板に水のごとく話していた中年医師の戸田は、酒井の反応に困惑した表情を浮かべた。

「膀胱に穴が開くかもしれないなんて、聞いてない」

「そういうことも、極たまにあるって話ですよ」

手術治療に絶対安全はない。どんな名医もミスを起こす可能性はある。外来では細かく言わなかっただけだろう。でも志穂は、ふたりの会話に口を挟むことなどできない。

「昔からやってる簡単な手術だって言うから、受けようと思ったんだ。膀胱に穴とか、血が止まらないなんて、話がまったく違うじゃねえか」

戸田医師は慌てて、自分はこの手術を千例は経験したベテランだと、説得するように言い募った。しかし酒井は、いちいち言葉尻をとらえて主治医に反論する。通常十五分で終わるＩＣは一時間にも及んだが、結局酒井は、手術承諾書にサインをしなかった。

「そんなこと言い出したら、手術なんか受けらんないよね」

ナースステーションで、イラついた様子で電話をかけ始めた戸田医師に、スタッフたちは一様に驚いた。

「明日のオペ中止なら、酒井さん、今すぐ退院？」

「いいえ、退院はしないって言うんです。治療を完全に拒否するわけじゃない、ときどき尿に血も混じって不安だし、病院で療養しながらよく考えたいって」

田中の質問に、志穂ははりきって応えた。見てきた事故を人に伝える、野次馬の気分だ。

「まったく、わがままな人ねえ」

「こういうバリアンス（逸脱（いつだつ））って、初めてじゃない？」

みんな口々に、酒井の勝手な都合でクリニカルパス（標準治療計画）から外れたことにあきれている。

志穂の隣にいた陽香が、電子カルテの画面から視線を外さずにつぶやいた。

「担当の志穂は、酒井さんが納得して手術を受けられるように援助する必要があるかもね」

ハッとした。

陽香の言う通りだ。酒井は治療に対して不安を抱いているのだ。納得して手術が受けられるように、担当看護師なら働きかけないといけないじゃないか。

手術は中止だ、明日は楽できるぞーと、内心喜んでいた志穂だったが、的確に必要な看護を口にした陽香に、脱帽せざるを得なかった。


翌日、志穂は使命感を抱いて、酒井のベッドサイドを訪れた。

酒井は手術の合併症リスクを適切に判断できないから、手術を拒むのだ。だから交通事故に遭う確率よりも可能性は低いと説明し、もし合併症が起きても、重症となる前に全力で治療に当たると話して、納得してもらうしかない。

志穂は看護師が勉強するときに使う、膀胱がんとＴＵＲ－Ｂｔの資料を見せながら説明した。もしもの場合に医療者がなにをするかを知らせれば、安心できるだろうと考えたのだ。

「そんなこむつかしいこと、俺ァ、わかんねえよ」

神妙な顔で聴いていた酒井だったが、途中で説明を遮った。

「難しいですか」

「当たり前だ。俺ァ、医者でも看護師でも、ねえんだから」

志穂はいい知恵はないかと、昼休みの院内食堂のテーブルで、向かいに座っている田中に相談してみた。田中の隣には砂川医師、砂川の前には陽香が着いている。

「え？　ご丁寧に説明してんの？　そんなの戸田っちに任せとけばいいじゃない。ねえ？　砂川センセ」

田中はＢ定食の八宝菜を食べながら、十年選手ならではの気安さで、ちょっと年下の医者に同意を求めた。今日の八宝菜は白菜もピーマンもカットが大きく、豚の肩ロースも分厚い。どれもよく火が通り、しっかり味がしみている。

「戸田先生も、酒井さんにはお手上げだって、言ってたからなあ」

砂川は苦笑しながら、カツカレーの大きなカツをひと口で食べた。空腹だったらしく、砂川は勢いよくご飯を減らしている。志穂もがっつりカツカレーを注文したかったが、砂川がいたので自重した。

「でも入院している限りは、担当ナースとして、患者に責任を持ちたいんです」

田中と同じくB定食を頼んだ志穂は、紋甲イカの足を飲みこみ、毅然として言った。どんなイカでも、足の部分が志穂の好みだ。

田中はキャベツと麩の味噌汁をすすりながら、志穂の顔をまじまじと見てきた。志穂はさりげなく砂川の方へと視線をやる。コイツ、成長したなと、思われていたらいいけれど。

「……ふーん。そうね、同じ手術を受けた人から話を聞いてもらうのも、手じゃない？」

「そうですね。経験者の話は、医療者の話より、勇気づけられるって言いますし」

田中の提案に、陽香はそつなく同意した。A定食の鰤の照り焼きを箸で小さく裂いている。普段は大きな口を開けてパクパク食べるくせに、砂川を意識してか、今日は陽香のひと口が小さい気がする。

「それいいじゃない。酒井さんがオペ受ける気になったら、戸田先生が喜ぶよ、きっと」

砂川は軽く言って、カツカレーを食べ終えた。大きく嚙む姿も、イケメンは様になる。

「考えてみれば、うちの病棟は経験談が聴ける機会を設けていないですね。簡単なパンフを渡してるだけで」

志穂はもっともらしく述べた。田中は痛いところを突かれたような顔で、ご飯を食べて

いる。Ａ８病棟に長くいるのに、患者サービスのマンネリ化を、一年生に指摘されたから
だろう。陽香はといえば、つまらなそうに、キャベツとにんじんのサッと煮を食んでいる。
陽香との差を縮めることができたかも。
内心ほくそ笑み、顔を上げると、なんと砂川と目が合った。あろうことか、にっこりと
微笑(ほほえ)んでもくれている。
がぜんやる気になった志穂は、白菜ときくらげと紋甲イカを口に含んだまま、白飯を追
加しそうになったが、すんでのところで気がついて、お上品な咀嚼(そしゃく)を繰り返した。

午後、志穂が意気揚々と「ＴＵＲ－Ｂｔを受けた患者の話を聴きませんか」と提案する
と、酒井はムッとしたように言った。

「あのなあ。俺ァ、気持ちが納得できねえって、言ってるのよ」

「だから気持ちの納得がいくように、体験談を……」

「見ず知らずのジジイに『手術について教えてくだせえ』って、頭を下げろってのか」

「酒井さんは下げなくていいです。私が頭を下げます」

「あんたよう、俺の担当看護師だろ？　俺の身になって考えてくれよ。他の患者に任せる
なんて、それでもプロか？」

「プロとして、先輩患者の体験談が、酒井さんのためになると思うんです」

「わかんねえなあ」

「だから、少しでも治療をわかるためにも」

「わかんねえのは、高貝さん、あんただよ。今までなにしてたんだ？　なんでわかってくれないんだ、俺の気持ちを。信用できないよ。もう俺んとこには、来ないでくれ」

酒井は志穂の目も見ず、ごろりとベッドに横になった。

思わず絶句した。

すんなり納得されるとは思っていなかったが、まさか拒否をされるなんて。

今日も他の仕事を遅らせ、先輩ナースに叱られ、迷惑をかけながらも、酒井の看護を優先したのに。

ざらざらした砂が、足元からはい上がってくるような感覚に襲われた。患者に受け入れられなければ、看護師はなにもできない。

酒井は志穂に背を向けるように、寝返りをうった。

自分は患者と信頼関係すら作れない看護師だ。これでは一人前になるなんて夢のまた夢。故郷のあの看護師さんがどんどん遠ざかる。

「今までなにしてた」もショックだった。このままがんばっても、なにも身につかないと思わせるに十分なセリフだ。

志穂はその場に立ちつくし、酒井は横になったまま、振り向こうともしなかった。

夕方、戸田医師が病室で酒井と話をしていた。しかし志穂は近づかない。患者に拒否されて、のこのこ顔など出せやしない。

やがて戸田医師が、ナースステーションに入って来た。志穂は期待を持ってたずねる。

「戸田先生、酒井さんとどんな話をしたんですか？」

「明日もオペは受けないが、退院もしないとさ。まだ悩んでるんだと」

志穂は密(ひそ)かに肩を落とす。今すぐ退院してくれることを期待していた。志穂はこのあと深夜入りだ。夜中〇時に出勤したとき、酒井のベッドが空だったら、どんなに気が楽だろう。

「高貝さん、酒井さんといろいろ話してるんだって？　あの人、どうなの？」

普段は一年生看護師に意見など求めないのに、珍しく戸田は志穂に質問してきた。志穂ががんばっていると、砂川から聞いたのかもしれない。

「手術の合併症が怖いみたいです。でも病気が進行するのも、嫌だって」

「ちっ。職人気質(かたぎ)のヤツに多いんだよなあ。普段は偉そうなくせに、自分のこととなると、からきしダメってヤツが」

戸田はそう吐き捨て、「担当だったら、退院か手術か、どっちか選ぶように説得してよ」と言い置き、ナースステーションから出て行った。

そんなの無理。私はもうなにもできない。志穂は主治医の指示に頭を抱える。砂川先生にいいとこ見せようなんて、はりきらなきゃよかった。

「ああいう患者にこそ、看護が必要なのよね」

そばで聞いていた大澤が、うなだれる志穂に話しかけてきた。

「……看護って、どんな看護ですか?」

「昨日今日と、酒井さんと一番長く接してるのは高貝さんでしょう。なにが彼に必要なのか。彼と高貝さんとの関係から、見えることがあるんじゃない?」

「関係、最悪です。私、実は酒井さんに拒否られたんです」

大澤なら助けてくれるかもしれない。優秀な人だし、私の味方だ。志穂は一所懸命、言葉を並べた。

黙って志穂の話を聞いていた大澤だったが、やがて口を開いた。

「拒否、ね。酒井さん、本当に高貝さんを、拒否したのかしら」

「もう来なくていいって言われたんですよ。顔も見たくないってことです。あの人に看護するのは無理です。私、明日の朝、酒井さんの担当を外してって、看護師長に言うつもりです」

「今逃げたら、ずっと、逃げ癖がついちゃうわよ」

なんてキツイことを言うんだ、この人は。私がどれだけ傷ついているか、知りもしないで。

意地悪。冷徹。指導者失格。

この人を味方だと勘違いした私がバカだった。

志穂は今度こそ、星空病院を辞めると決意した。私をＡ８に勤務させる病院なんて、こっちから願い下げだ。その前に主任からパワハラを受けたと、看護部にぶちまけてやる――。


夕飯の配膳車が廊下に現れた。準夜勤の看護師たちが病室の前に配膳車を移動させ、トレイを患者の元へ運んで行く。陽香も笑顔を振りまき、患者にトレイを渡している。

今日の普通食メニューは、鯖の塩焼きとほうれん草の胡麻和え、筑前煮と出汁巻き卵とみかんだ。酒井に問われて調べたので、憶えている。あやつは鯖の焼き具合に、また文句をつけるのだろう。あー、ヤダヤダ。

途端に母の手料理を思い出した。黙っていると、和食党の母は、鰤大根やきゅうりとわかめの酢のものなどで、テーブルをいっぱいにする。

「お母さんのごはんを毎日食べたら、ダイエットできるわ」

誰にも聞こえないよう、志穂はそっとつぶやいた。

どうせ砂川先生は高嶺の花だ。龍太郎もなしのつぶてだし、東京に未練はない。星空病院など、いつ辞めても悔いはない。

＊＊＊

十八時半ごろ、志穂は病棟をあとにした。足取り重く、エレベーターホールにたどり着く。

深夜勤に備えて、早く仮眠を取らねばならないのに、どうも寮に帰る気がしない。「逃げ癖」と言われたことが、引っかかっていた。

ホールの端の窓から、ひょいと外を見降ろした。

家々の屋根の間、等間隔に光る街灯が、道路の位置を知らせている。遠くの高層ビルの麓(ふもと)は仄明(ほのあか)るく、人に催眠術をかけたいかのように、屋上の赤いライトが点滅している。

夜になると、石川県の実家の周りは、どこまでが山の尾根で、どこからが空なのかわからない。でも白く光る星がたくさん、くっきりと見えた。ここでは二等星を見るのがやっとだ。

目を近くに転じる。病院別館の四階に電気が点いていた。

「そういや、一回も行ったことないな」

別館は診療には関係のない棟だと、就職時のオリエンテーションで言っていた。

一階と二階には研修医の医局や当直室・仮眠室が、三階には和室があるらしい。今は放置されているが、過去には華道や茶道の院内サークルで使われていたそうだ。そして四階には、サンルームがあるという。

志穂は売店に立ち寄ったあと、別館へと吸い寄せられるように歩いた。どうせ帰っても、眠れやしない。

正面玄関から外へ出た。

表通りまで連なり、何台ものタクシーが客を待っていた。風は冷たいが、真冬のそれとは明らかに違う。こんな風、なんでもない。日本海から吹きつける風は、もっとちびたくて強いもん。

志穂は大股(おおまた)でアスファルトの上を進み、別館の古く重いガラスドアを押し開けた。本館と違って、人気がない。

古い応接セットが置かれた出入り口ホールの奥、幅の狭い階段を昇った。少人数用のエレベーターも目に入ったが、無視した。どこか身体を痛めつけたい気分だった。

四階まで階段を昇り切ると、左右に長い廊下がのびていた。階段の正面に短い通路があり、つきあたりに、シンプルなアルミ製のドアがあった。あちらが南側、サンルームのある方だ。

廊下の左右を見渡すと、東側と西側の部屋それぞれに、廊下に面するガラス窓があった。学校の校舎のような造りだ。すりガラスで室内は見えないけれど、どちらの部屋もなにかが進行中の気配があった。

短い通路の左右には新しいドアがある。右側のドアには「キッチン花」とマジックで手書きされた紙が貼ってある。志穂は思い切って、ドアのレバーに手をかけてみた。

わあ。なにここ。

白く可憐なマーガレット。くっきりと黄色いフリージア。ほかにも真っ赤なチューリップなど、色とりどりの花の植木鉢やプランターが壁際に並んでいる。ガジュマルやアレカヤシの鉢が、ところどころに、アクセントのように置かれている。壁には額縁に入った絵画が飾られ、ちょっとしたサロンのような風情だ。

十センチほどのすき間から見たその部屋は、学校の教室ふたつ分くらいか。白く大きな丸いテーブルが二台、手前と奥に置かれ、部屋の南側にはサンルームが直結している。うっそうとした緑ばかりのサンルームにも、ボケの花だろう、朱色が見えた。

思わず、フリージアの甘い香りを嗅ぎたくなった。志穂がドアを大きく開けると、サンルームの緑の陰から、ふたりの人が立ち上がるのが見えた。

「げ」

横顔からして、あれは酒井だ。彼と同年代くらいの女性と、なにか話している。

女性は酒井の妻だろうか。意外にやさしげな人だ。失礼ながら酒井の女房は、がらっぱちなおばちゃんだろうと、志穂は勝手に想像していた。

「お。君も食べますか？」

突然背後から話しかけられ振り向くと、小柄な好々爺然としたおじいさんが立っていた。白い上下のユニフォームに、清潔な白い胸当てエプロンを着けている。

「え？　食べる？」

室内の会話に気づいた酒井夫妻が、サンルームから室内に入ってきた。病室にいるときと同じく、上下グレーのスウェットに紺色のフリースを羽織った酒井は、バツの悪そうな顔で、志穂の方をチラチラと見ながら、傍らの女性に説明している。

「あ、私は、あの……」

「ここ、食堂なんですって」

戸惑う志穂に、合点がいったという顔で女性が告げた。

「ここは特別な客をもてなす食堂。人呼んで、『キッチン花』だ」

まるでヨーロッパのお肉屋さんのような風情で、おじいさんは胸を張ってニコニコとしている。

医者だろうか？　でもこの手のユニフォームは、医療関係者なら誰でも着ているから、わからない。

「なにが食べたい？　なんでも、とまではいかないが、なるべくリクエストに沿うようにしよう。メニューはない。ご希望を中心に、料理を提供する。お代は五百円以上なら、いくらでも結構。この値打ちと思った料金を支払ってくれればよろしい。ちなみに今日は、酒井さんのご希望で、焼き魚だ」

食堂のシェフにしては偉そうな口を利き、そのおじいさんは酒井に目をやった。

「この人、夕食が口に合わなかったらしくて。面会に行ったとたん、夕飯食べに行くぞって言い出したんです。初めまして。私、酒井の家内です。いつも酒井がお世話になっております」

「……どうも初めまして。高貝です」

夫から担当看護師だと説明されたのだろう。説明には、悪口のひとつもあったかなと想像しながら、志穂は丁寧に頭を下げた。

やはり酒井は、鯖の塩焼きが気に入らなかったらしい。そこで院内食堂に行ってみたが、焼き魚のメニューはなく、仕方がないので外に出かけようと、廊下をうろうろしていたところ、シェフに声をかけられたとのことだった。

「夫婦喧嘩(げんか)をしていたから、気になってね」

「喧嘩なんかしてねえよ。ありゃ、普通の会話だ」

シェフの言葉に、酒井が即座に反論する。

「この人、口が悪いでしょう？　だからそう思われても仕方ないのよ」

酒井の妻は苦笑する。どうやら女房は亭主の良き理解者のようだ。

「……焼き魚を出すって言うから、まあ、来てみたってわけだ」

酒井は志穂と目を合わせず、ぼそっと言った。

「君がこの人の担当なら、ちょうどいい。一緒に食べて行きなさい」

「いえ、私は……」

「まだ仕事中かい？」

言いながらシェフは、志穂が手にしているレジ袋に目をやった。袋の中身は夜食用のレンチンすればいいだけのパスタと、箱入りのクッキーで、その上には、夕食用の幕の内弁当と昆布のおにぎりが載っていた。

「夕飯はこれからなんだろう？」

シェフが笑うと、酒井夫妻も同時に頬を緩めた。

いつも不機嫌そうな酒井の笑顔を、志穂は新鮮に感じた。不思議な気分で、担当患者の顔を見つめてしまう。

「なにが好きなんだい？」

志穂は再び故郷を思い出した。

どんよりと曇っていることが多い空。けれど山と川が美しい、小さな町――。

「私、貝が好きなんです」

志穂は反射的にそう応えた。

「ほほう、貝か。シェルだね」

「はい。蛤（はまぐり）とかアサリとかシジミとか」

昔はよく家族で、日本海まで貝獲（と）りに出かけた。太平洋側と違って、日本海側は潮があまり引かない。三月はまだ、故郷で貝獲りするには早いけれど、あの海の冷たさとキラキラ光る海面は、春の風物詩だ。

「よしっ。ワタサン。おーい、ワタサン！　ひとっ走り、行って来てくれ！」

おじいさんシェフは、急にサンルームの奥に向かって叫んだ。

実はまだ人がいたらしい。熱帯系の植物の間から、グレーの作業服姿のおじさんが現れた。

「ワタサン」と呼ばれたおじさんは、シェフよりもずっと背は高いが、どことなく気弱な印象だ。小さな声で「またですか？」と、眉毛（まゆげ）を思いっきりハの字にし、のろのろとこちらに近づいて来る。

「ワタサン。貝を買って来てくれ」

シェフは何度もうなずき、早くこっちへ来いと言わんばかりだ。

「あとはひとりで大丈夫と言ったくせに……」

ブツブツ言うワタサンの名札には「綿貫国男（わたぬきくにお）」とある。施設管理課の人らしい。

「では頼んだよ」

それでも綿さんはうなずくと、出入り口から走り去った。さすがに貝のような生鮮食品は、準備されていないのだろう。

「さあ。では、お三人さん。１番テーブルにどうぞおかけください」

シェフは手前の方の円テーブルを、うやうやしく志穂らに勧めた。

緑茶を出して、調理室に引っこんだシェフを待つ間、志穂は迷った。こういう場合、病気の話をすべきなのか。白衣を着てはいるが、勤務時間外だ。どういうスタンスで臨めばいいのだろう。

仕方がないので、ずらりと並べられた壁際の花々を眺め回す。

数は少ないが、変わった品種のチューリップがある。薄桃色にショッキングピンク、紫色。黄色い花弁に、朱色を筆でひと刷きしたような模様のチューリップが小粋だ。

「植物の手入れは、綿貫さんがしてらっしゃるんですって」

「すごいですね。ほんとにきれい」

酒井の妻と短い会話を交わした。すぐ隣に腰かけている当の酒井は、まだ志穂を見ようとしない。

「この人、病院で出る魚がまずいって、言ってるでしょう?」

志穂の心のうちを知ってか知らずか、酒井の妻が話題をそちらに向けた。

「あ、でも、本当においしくないんだろうなと思います」

病院食に魚料理はわりと出る。煮魚はともかく、フライや焼き目のついた魚の身は、保温されながら運ばれ、患者の元に届く。しかし時間とともに蒸されてしまうのも否めない。こんがり香ばしい、焼き魚を食べたくなるのは人情だろう。

靴音がしたと思ったら、シェフがにこにこと、四角い塗りの和盆を掲げてやって来た。和盆には小鉢が九つ載っていて、春らしい料理が盛りつけられていた。

「筍の木の芽和えと、うどのきんぴらに、里芋の含め煮ですな」

シェフはそう言い、三人の前にそれぞれ三種類の小鉢と竹製の箸を置いた。箸置きは薄ピンクの桜形で、意外とかわいい趣味に、志穂の心はほっこりとした。

「さあ、召し上がれ」

本当に食べていいのか。志穂が隣をちらりと見やると、酒井はなんの躊躇もなく、うどを口に運んでいた。酒井の妻も、さいの目状の筍を箸でつまんでいる。

ま、いいか。

志穂も上品な竹製の箸を、小鉢へとのばした。

筍は西京味噌の和え衣をまとっていた。細かな木の芽の香りがすばらしく、うっすら残る筍のえぐみとよく合っている。コリコリとした筍特有の食感は、久しぶりに味わう、ちゃんとした和食だ。

「おいしい」

パクパクと箸を進める志穂を、酒井はチラチラとうかがい出した。

「うどもおいしいわよ」

酒井の妻に言われ、隣の器に手を伸ばす。

マッチ棒ほどの長さに切りそろえられたうどのきんぴらは、甘辛醤油とごま油の味つけで、思わず白いご飯がほしくなる。ピリリとした輪切り唐辛子（とうがらし）が、さわやかなうどの香りにマッチしている。

里芋も軟らかいけれど、形くずれしていない。出汁と濃口醤油の配合は、母の煮ものに少し似ているか。しいたけも肉厚で、煮汁を十分に含んでいる。

春だ。春の味だ。

箸が止められなくなった志穂に、塩ゆでのきぬさやをバリバリと嚙みながら酒井もうなずき、「こうなると、一杯やりたくなっちまうな」と、悔しそうな顔でつぶやいた。

「そうだろうねえ。では、やりますか？」

テーブルの傍らに立ち、三人の様子に満足そうにしていたシェフは志穂を見て、「君も飲めるんだろ？」と、いたずらっぽい目つきになった。

ちょっと待った。

病院でアルコールを勧めるってどうなのよ。患者の飲酒を黙認したって、あとでインシデント・レポート、書かされたりしないよね？　てゆーか、私、あと五時間もしないうちに、仕事なんですけど。

「いいんだよ、ほしけりゃ」

ぐるぐると考えを巡らせる志穂に、シェフはニマニマしている。酒井夫妻がシェフをあと押しするように、かぶせてきた。

「いいじゃねえか。せっかく飲めっつってくれてんだから。こちとら、お客だ」

「ちゃんと代金を払うんだから、気にしない、気にしない」

オペのリスクは細かく気にするくせに、急におおらかになっちゃって。

あきれる志穂を無視して、シェフはヱビスビールの小瓶を三本と、ひと口ビアグラスを三つ運んで来た。すかさず酒井が、三つのグラスにビールを注いだ。

「乾杯」

目の前に置かれたグラスのビールは、白と黄色がいわゆる黄金比で、すごくおいしそうだ。急にのどの渇きを覚えた志穂は、ええい、行っちゃえと、グラスをつかんだ。

冷たいビールがのどに染みた。

そんなに飲む方ではないけれど、ついひと息に飲み干してしまった。

「いい飲みっぷりじゃねえか」

酒井は志穂に追加のビールを注いでくれる。

「のどが渇いてたんです」

志穂は慌てて両手でグラスを持ち、受け持ち患者からの酌をありがたく受けた。不思議な気分だ。

つい二時間前まで顔も見たくなかった酒井と、食事を共にしている。この風変わりな空間が、志穂の気持ちを緩めたのだろう。

「私、みんなにバカ貝って呼ばれてるんです」

箸をつまみ、ビールを飲みながら、志穂はつい打ち明けた。

「バカ貝？」

酒井の妻が、不思議そうに問い返した。

「はい。私、要領悪くて、仕事ができないおバカの高貝だから、バカ貝」

……あーはっはっはっは！

ひと呼吸置いて、酒井は大きな声で笑い始めた。

「バカの高貝だから、バカ貝か！　そいつはいいや。あっはっはっは——」

ツボにハマったのか、酒井は大口を開けて、黄ばんだ歯を見せつける。

「もう、ちょっと。失礼じゃないの。笑い過ぎよ」

夫をたしなめながらも、酒井の妻も笑いをこらえるのに必死な様子だ。

いつもなら「ちゃんと聞いてください」と、ムッとするところだが、破顔し続ける酒井に、志穂はまったく腹が立たない。

伸びやかな酒井の笑い声が部屋中に響いている。そのエコーで、壁際に並んだチューリップやアレカヤシがビリビリと震えているのではと、周囲を見回してしまうほどだ。

あはははははははは。

志穂はつられた。酒井の妻も笑いを解禁し、三人は存分に笑い声をあげた。

「……いやあ、笑った、笑った」

「そんなに気に入ってくれましたか？　私のあだ名」

「おうよ。気に入ったねえ。バカ貝」

「あなた、繰り返さないで」

「いいんです。ほんとにそうなんですもん」

志穂が素直な気持ちで言ったとき、シェフが料理を運んで来た。

「楽しそうだねえ。もう酔っぱらったのかい？」

「いやあ、ここの看護師さんは楽しいよ、シェフ」

「私は酔ってしまったのかもしれません」

「私の料理に、思わず笑顔がこぼれたと言ってほしいね」

シェフは真顔で言い放つ。見れば、本気で称賛を要求しているようだ。

「すみません」「ごめんなさい」

志穂と酒井の妻はつい謝った。小柄なくせに、妙に迫力のあるおじいさんだ。

「うめえよ。シェフ。うめえから、笑ってるに決まってるだろ」

酒井が低い声で言うと、シェフは再び笑顔に戻った。

「よろしい。では、ふきのとうの天ぷらをさしあげよう」

銘々皿を目の前に置かれた三人は、思わず目を合わせる。ほんとに、変わったシェフだ。

けれど、きつね色の衣が放つ菜種油の熱いにおいに、そんなことはどうでもよくなる。

ところどころにのぞいた、黄緑色がなんとも鮮やかで、志穂は思わずのどを鳴らし、藻塩(もしお)をつけて、ふきのとうの天ぷらをぱりりと噛んだ。

うん、おいしい。

清涼感のある苦みが口に広がり、春の香りが鼻に抜けた。

「でもな、あんたはバカじゃないぜ」

厨房(ちゅうぼう)に戻って行くシェフの後ろ姿を見送っていたら、思わぬセリフが志穂の耳にとびこんできた。言いえて妙の事実だから、「バカ貝」はウケたと思ったが。

「あんたよりバカな看護師は、いっぱいいるぜ」

酒井はビールをひと口飲んで、大根おろしを入れた天つゆに、ふきのとうを浸した。

「あんたの一年先輩、えーと、鈴木(すずき)ってやつだ。テレビのイヤホンをしてて、言われたことがよく聞こえなかったんで、『もう一回言ってくれ』って言ったら、『補聴器着けた方がいいかもしれませんね』と言いやがった」

「え」

「俺ァ、カチンと来たねえ。いっぺん聞き返しただけなのに、そんな言い草、あるかい?」

確かに鈴木は、相手に敬意を払わない言動を取ることがある。酒井はまだ耳は遠くないから、状況を見ればわかりそうなものなのに。

「どいつもこいつも、こっちを変人だと思って、舐めた口をききやがる。でもあんたは、俺をバカにせず、真摯に応えようとしてくれた」

酒井が自分を認めてくれた。身体にまとわりついていた砂が、パラパラと剝がれ落ちていくようだ。

「この人、こういう人だから、みんな敬遠するでしょ? なにか質問しても、ごまかしてすぐにどこかへ行っちゃうって。でも高貝さんだけは嫌がらず、力になろうとしてくれたって聞きました。どうもありがとうございます」

酒井の妻は箸を置いて、頭を下げた。志穂も慌てて返礼する。

「あんた、ここに座ってくれただろ。俺ァ、感激した。てっきり帰っちまうと思ったから。あんなにこだわって、もう来るなと言っちまった俺を、こいつ、見捨ててねえって、びっくりした」

自らの行動を、酒井は自覚していたらしい。

そうか。大澤の疑問は正しかったのか。

チューリップやマーガレットが、弾むように首を左右に揺らしている。

いつの間にか、綿さんが買い出しから戻っていたようだ。シェフは平貝のバター焼きと、あおやぎの酒蒸し、鰆の塩焼きを一気に運んで来た。

「さあさあ、貝だよ、貝。鰆も焼きたてだ。熱いうちにどうぞ食べてくれたまえ」

シェフはうれしそうに急かし、志穂の目を見てにっこりとした。

顔全体にしわが寄り、気のいいおじいちゃんを彷彿とさせる。志穂の亡き祖父に似ている気もした。

平貝の貝柱は五ミリくらいの厚さにスライスされ、長ねぎの細切りと一緒に醤油バターで炒められていた。コシのある貝柱に白胡椒が利いて、ビールに合う一品だ。

近年日本近海の平貝の漁獲高は激減していると、父は言っていた。なのに、こんなところで出会えるとは。貴重な食材を簡単に手に入れて来るなんて、いったい綿さんはどんな店に行ったのだろう。

「こりゃ、たまらねえな」

脂がまだじくじくと泡を作っている鰆の身を箸で切り分け、満足そうに酒井は嚙みしめた。鰆は大ぶりの切り身で、こんがりした焼き目がきれいだ。皮目はパリッ。中はふっくら。細かな魚の繊維を奥歯で押しつぶすのが楽しい、お手本のような焼き魚だ。濃口醤油を散らしても美味。柚子(ゆず)胡椒をつけると、さらに美味。

「こういうのが病院で食えりゃあ、言うことねえんだがなあ。おっと、ここは病院か」

「冗談言ってないで、退院なさいよ、あなた。ビクビクしてないで」

志穂が言いたかったことを、酒井の妻が代弁してくれた。

「いえ、酒井さんは、入院していていいと思います」

けれど志穂は、そう言った。

患者ひとりひとり、価値観も考えることも違う。クリニカルパス(標準治療計画)から外れる、普通じゃない考え方をする人間も、世の中にはたくさんいるのだ。

「あんたは戸田先生のように、退院しろって言わねえのかい？」

「はい。言いません。酒井さんのような方がいても、不思議じゃありませんから」

自分だって、標準的な指導でうまく成長しない看護師だ。いくら教えられても、すぐに仕事ができるようにならない。

「あんた、とことんまで、俺を見捨てねえんだな」

「はい。見捨てません」

「よし。俺ァ、決めた。退院するぞ」

「ええっ？」

「手術を受けて、退院する」

「手術、受けてくれるんですか⁉」

思わず大きな声が出た。口の中の鰆やふきのとうの食べかすも、同時にとび出したかもしれない。

「おうよ。俺ァ、不安の正体が、自分でもよくわからなかった。でも今わかったぜ。最後の最後で、医者や病院に見捨てられるんじゃねえかって、不安だったんだ。ひでえ状態になった俺を、医者や看護師は見捨てるんじゃねえかってな。とっくに気づいてるだろうが、俺は怖がりだ。だから、合併症だ、なんだってことも恐ろしいが、いろいろ手は施したが、こいつはダメだとなったときに、最後まで面倒看てもらえないことが一番恐ろしかった。そういう目に遭った友だちがいたんでな。だから退院しろって言われて、余計に不安になった」

「そうだったんですか……」

ふと、あのときの看護師が思い出された。

志穂の不安と苦痛を和らげてくれたあの人は、「つらいね」と志穂の気持ちを理解し、共感してくれた。志穂の気持ちに寄り添ってくれたからこそ、安心できたのだ。

酒井に教えなければ、なにか与えなければと、気負っていた。本当は素直に気持ちを受け止め、寄り添えばよかったのだ。

「春には苦みを盛れと言うが、今日のふきのとうと木の芽は効果絶大だったね」

一件落着。

三人のやり取りを黙って聞いていたシェフは、深くうなずいて言った。

「苦みの効果って、なんですか？」

酒井の妻が不思議そうにたずねる。

「苦みにはデトックス効果があるのさ。閉じこもっていた冬にため込んだ老廃物を、活動的になる春に、身体から押し出してくれる。薬のような働きだ。『良薬口に苦し』と言うだろう。医食同源。旬の食べものをいただくのは大切だ。夏も秋も冬も、また然り」

なるほど、今日のふきのとうは、酒井と志穂のわだかまりを押し出してくれた。

「あおやぎは、別名バカ貝っていうんだぜ」

あおやぎの貝殻を指で押さえ、酒井は箸で貝の身をつまみとった。

「じゃあ、私のことですね」

にんにくの香りをまとった、黄色い貝の身を見ながら、志穂は言う。

「とぼけた名前に似合わず、うめえ貝だ」

ぷっくりとした軟らかな身は、甘みとかすかな渋みがある。しかし、にんにくでくさみは消され、最後にうまみだけが舌に残る。

「ほんとにおいしいですね」共食いかなと思いながら、志穂は言った。

「バカ貝って、貝の中で一番おいしいのかもしれないわね」酒井と妻が微笑んだ。

星空病院でもうしばらく働いてみようと、志穂は思った。彼氏も憧れの先生も関係ない。

患者に信頼される看護師になりたいからだ。

苦行が修業に変わりそうな予感がした。

＊＊＊

「酒井さん、ようやくオペを受ける決心がついたのね」

電子カルテの前で、彫刻のように固まっていた志穂に、大澤が声をかけてきた。

時刻は九時四十分。無事日勤に申し送り、あとはカルテを記載するだけだが、徹夜明けのぼんやりした頭では、いっこうに進まない。他の深夜勤者ふたりはとっくに仕事を終え、休憩室に行ってしまった。

「すっきりした顔で『よろしくお願いします』と言われたって、戸田先生が驚いてた。高貝さん、酒井さんになんて言ったの？」

「……自分がバカ貝と呼ばれてるって、言っただけです」

昨夜、キッチン花から寮に帰ったのは二十二時前だった。シャワーを浴びて、ベッドに横になったものの、高揚して眠れず、そのまま深夜勤に突入した。したがって志穂は、二十七時間以上眠っていないことになる。

「それだけ？」

「はい」

「……よくわからないけれど、あなたが酒井さんを前向きな気持ちにさせたことは確かなようね」

「どうしてですか？」

「だって酒井さん、高貝さんが担当だから、手術を受けると言ったんですって」

大澤の言葉が他人事（ひとごと）のように聞こえる。たぶんとてもうれしいはずなのに。

「あ、名誉院長だ」

「まーた、勝手回診してる」

「昔、ひとりで勝手に回診して、なんも言わずにドレーン入れてったり、レスピレーターの設定変えてったりして、迷惑だったわー」

スタッフの会話にふと顔を上げると、ガラス窓から小柄な男性医師がひとりで廊下を歩いているのが見えた。通常の院長回診は、副院長や看護部長を引き連れているが、名誉院長回診は、お供のひとりもいないらしい。

名誉院長。第十希望まで取りやがった、にっくき男――。

と、思ったそのとき、志穂は思わず目を見張った。

キッチン花の、おじいちゃんシェフじゃないか。

見事に禿げ上がった頭を光らせ、名誉院長はナースステーションの志穂に目をくれることもなく、通り過ぎた。

「名誉院長なんですか？　あの人」

通りかかった日勤の鹿島に、思わず話しかけた。

「あの人？　ああ、半下石安喜良。そう。元消化器外科医よ」

「私、あの先生にごはん作ってもらいました！」

叫ぶように、志穂は言った。すごく偉い人の手料理を食べたことに興奮していた。

「もしかして、キッチン花に行ったの？」

「そうです、そうです！」

キッチン花は、みんなに知られていたのか。知る人ぞ知るとは言っていたが。

「それは大変だったねえ」

鹿島は同情顔で、興味なさそうだ。

「あの別館、ホスピスにしようって、半下石センセがはりきっちゃってさー。工事始めたんだけど、結局予算が切れて、頓挫したんだよね。それで温室だけが残ったの」

星空病院の緩和ケア病棟はB棟の十四階だが、サンルームはなく、大部屋を無理矢理仕切って個室にしたような病棟だ。

「あのセンセ、面倒くさかったでしょ？」

鹿島は半下石先生のことを、よく知っているらしい。

「そんなことなかったです。いい人でしたよ。料理もおいしかったです。私これからは、ちゃんと旬の食材買って、自分でごはん作ろうって思いましたもん」

最後の豆ごはんと蛤のお吸いもの、デザートのわらび餅を思い出し、志穂は名誉院長をかばう。グリーンピースはふっくらとしてつぶれておらず、硬めに炊かれたご飯の塩気が美味だった。蛤のお出汁は絶品だったし、透明なわらび餅はふるふる震え、きな粉は炒りたてのような、上等な香りを放っていた。

「本当？　あのセンセ、すっごい頑固だから、『ハゲ石頭』って呼ばれてるのよ」

顔をゆがめた鹿島に、志穂は思わず綿さんの顔を重ねる。

「ハゲた半下石で、ハゲ石頭。そのまんまですね」

志穂は噴き出した。なるほど、頑固さの片鱗が見えなくもなかった。

「でも年取って、丸くなったかな。いろいろあったからね。昔は振り回されたもんだけど」

「いろいろ？」

「あの先生も複雑でさー。『箱のふたは、開けるまでわからない』って、言ってなかった？最近の口癖らしいよ。……あ、はーい。ただ今、うかがいまーす」

ナースコールに出た鹿島は、慌ててナースステーションを出て行く。

「……だから、第十希望まで書かせたのかなあ」

「カルテ、早く書いちゃいなさい。時間内に業務を終えるのも、プロの仕事よ」

スクリーンセーバーに切り替わった画面の前で、ひとり言ちた志穂に、大澤のキビシイ指導がとんできた。

第二話 水餃子の君に

「主人はどこ？」

「おい。もうちょっと食べろ」

斎藤洋一郎は女房の唇を、スプーンの縁で軽く突く。背を起こされたベッドの上で、桃子は食事そっちのけで、亭主を探すセリフを口にする。

「主人はどこに行ったの？　池袋？」

「お前が食いたいと言うから、水餃子を買って来たのに。ちっとも食わんじゃないか」

右に左に顔をそむける桃子に半ば憤然とし、洋一郎は持っていた茶碗とスプーンをトレイの上に置いた。匙を投げるとは、まさにこのことだ。

「食わんということは、お前はもう、この世に嫌気がさしたのか？」

うまいと評判の中華料理店でテイクアウトした水餃子と、病院の昼食（全粥に鶏肉団子のスープ、白菜の煮びたし、さつまいもとにんじんの煮もの、卵豆腐）を前に、洋一郎は途方に暮れる。

「闘牛士は、どこへ行ったの？」

「また点滴されるぞ。せめてお茶くらい飲めよ」

やれやれ今度は幻覚かと、吸い飲みの口を桃子にあてがったとき、個室の出入り口のカーテンの脇に、男性がいるのに気づいた。洋一郎は右耳から、そっと耳栓を取り除く。

「あ、どうも。診察ですか」

典型的な長白衣を着た小柄な老人が、ベッドの方に歩み寄って来た。これまで見たことのない医者だ。胸に下がった名札の文字は、老眼の洋一郎にははっきりと読めない。

「主人はどこ？」

今度は老医師を見て、桃子は言った。

「さっきから探してるようだけど、このクランケ、斎藤さんのご主人はどこにいるの？」

「あ、ここにいます。私です」

「ああ、そうだったの」

老医師は特に驚いた風もなく、うなずいた。ボケた女房に、ろくに返事をしない亭主だとあきれたか。いや、この人は医者だ。同じ質問の繰り返しに、同情してくれたと思いたい。

「奥さん、食欲がないのかい？」

「ひと口ごとに、飽きちゃうんですよ。もう小一時間、こんなことやってますけど、卵豆腐三口、お粥をふた口、食っただけ」

「食べたがっていた水餃子もか」

気づかなかったが、老医師はだいぶ前から、こちらの様子をうかがっていたらしい。病棟スタッフは声をかけるや否や、ズカズカと入ってくるから、すぐにわかるのだが。

「あなた、水餃子が好きなの？」

老医師は柔和な笑顔で、今度は桃子に向かってたずねた。年季の入った医者ならではの落ち着いた声色だ。すると、大きく見張っていた桃子のまぶたの力がふっと抜けた。

「水餃子は好き。作るのも得意よ。だってママの味だもの」

「こいつが質問にまともに応えたのは、久しぶりですよ」

瞠目（どうもく）した洋一郎に、老医師は桃子を見つめたまま、うなずいた。

「作るのも得意よ、か。今じゃ、水餃子を自分で食うこともできないくせに」

直後、洋一郎がつぶやくと、老医師はおもむろに桃子の右手を取り、「なるほどねえ」と観察し始めた。箸（はし）すら持てず、細く薄くなった手を裏返し、たなごころを撫（な）でたりしている。

当の本人はなされるがまま、まるで魔法にかかったようにおとなしい。こんなこと、外科の医者がするのを見たことはない。認知症専門の医者だろうか。

「じゃあ、がんばってね」

「……はい。どうもありがとうございました」

禿頭（とくとう）の老医師は、桃子の右手をそっと布団の上に戻し、最後に洋一郎を励ますと、うしろ手を組んで、病室から出て行った。

＊＊＊

「あー、寒かった。いやあ、遅れてすまん」

「おう。斎藤。こっちだ、こっち」

師走も半ばの水曜日。十八時前に洋一郎が居酒屋に到着すると、細長いテーブルの奥から幸田（こうだ）が手招きをした。クリーニング屋の幸田は、洋一郎の昔からの友人だ。

「悪い悪い。嫁がなかなか来なくてな。歩いて来たから遅くなっちまった」

洋一郎の長男の妻・未菜恵（みなえ）は、自分の娘が通う小学校の保護者や卒業生で構成するコーラス・グループに属している。その発表会がクリスマス前にあるとかで、今日はドレスを受け取りにデパートに寄ってからの病院到着だった。単なる趣味に十万円もかけて衣装を新調するなど、尋常じゃない気合の入り方はともかく、付き添いの交替時間は守ってもらわねば困ると、洋一郎は常々言っている。

「星空病院からここまで歩いたのか？　結構あるだろう」

「運動しないと、採血でバレるから。これから飲み食いすると思うと、医者が怖くて」

「はは。あんたの糖尿の先生、怖いって言ってたもんな」

JR西日暮里駅からすぐの和風居酒屋。星空病院から歩いて約二十分。今夜はちょっと地元から離れて、商店街の同世代有志と忘年会だ。さほど広くない店舗は貸し切られ、子世代に家業を任せた連中ですでに盛り上がっている。この店は仲間のひとりが懇意にしており、料理がうまい上に、時間や人数の増減に融通が利くため、洋一郎も時々利用する。

「どうだい？　奥さんの具合」

「まずまずってとこだ。腹の傷を気にしてないから、痛くはないんだろう」

泡が少ないジョッキのビールを半分くらい飲み、洋一郎は応えた。

自宅介護中の桃子が急に黄疸を呈し、入院して十二日。悪さしていた胆石も、腫れていた胆のうも手術で無事に取れ、入院生活も大きな問題を起こすことなく送れている。

「腹に穴開けてやる手術は、後が痛くねえっていうからな」

幸田は早くも芋焼酎のお湯割りに移行している。洋一郎はつぼ焼きのサザエの身を、爪楊枝でひねり出した。貝殻も大きけりゃ、身も大きい。ふたをはずして、らせん状にくねった身を噛むと、磯の香りと弾力ある貝の甘みが、口いっぱいに広がった。

「けど、食欲が落っこっちまってな。好きなものを食わせてみるんだが、なにか違うと思うのか、食ってくれない」

新鮮なサザエを食べる手を休めずに、洋一郎は説明した。

「入院する前は、なんでもよく食べるって言ってたのに」

「バタバタで胃カメラだー、手術だーってやったから、面食らったのかもしれん。胃袋も一緒に取られたみたいになっちまった。まだ歩くのもやっとだし」

「あんなに元気に、動き回ってたのになあ」

「医者は家に帰れば、食えて、体力も戻るんじゃないかって言うんだが、とりあえず体力が戻らんことには、退院はできんと言ってある」

　幸田がグラスのお湯割りを飲み干すと、さつま揚げが運ばれてきた。この店のさつま揚げは完全な手作りだ。蓮根(れんこん)やかぼちゃなど、旬の野菜にこんもりと魚のすり身をまとわせて揚げたそれは、ふっくらと弾力があり、洋一郎の好きなメニューのひとつである。

「おー、斎藤さん。遅かったじゃねえか」

　敷島(しきしま)がビール瓶とグラスを手に、洋一郎に近づいて来た。昔から観葉植物や花環(はなわ)を会社にも斎藤家にも配達してくれる、敷島フラワーのご隠居だ。

「敷島さん、気ぃ遣わしたね。立派な花を送ってもらって」

　桃子が入院したと知った敷島は、大きな花かごを贈ってくれた。窓辺の花を本人がどれくらい認識したかは定かでないが、桃子の好きなピンクの花が中心のアレンジメントだった。

「なあに、ほんの気持ちだよ。それよりどうだい？　手術してから」

「おかげさまで傷は順調だ。まだ食欲が戻らんけどな。あいつももう、七十七だから」

「女は強い。これから戻ってくるよ」

「桃子の食欲が戻ったころには、俺がお陀仏だ。最近、肩が痛くてな」

「肩だけかい。俺なんて肩腰膝だよ。斎藤さんより、俺の方が早いよ」

洋一郎が左肩をぎこちなく動かしてみせると、敷島がため息混じりに笑った。

「で、どうだい？　入院すると悪くなるって言うけど、あっちは」

敷島は自分の頭を突いて、認知症の具合をたずねてきた。

「まだ体力がないのに、ひとりで勝手に歩こうとする。それで身体拘束されるんだが、本人は嫌がるし、見ててかわいそうだ。だから昼間は、常に家族の誰かがそばにいるようにしてる。見張りがいれば、縛られんから」

洋一郎は六人家族だ。桃子と長男・真一、嫁の未菜恵、孫の篤真に優希未と、三世代が同じ屋根の下で生活している。

「そりゃ偉いや。なかなかできることじゃない」

幸田が感嘆した。最近は昔と違い、認知症を恥じることなく語れるようになった。

「でもうちの嫁は、気が利かんというか、おっとりしてるというか。この間も水餃子を食いたいと言った桃子に、豚の角煮を買ってきやがった。今日も一時間も遅刻して来るし」

「んなこと言って、自分もしっかりウォーキングして来たくせに。固いこと言うなよ。未菜恵さん、毎日病院に行ってんだろ？」

「そりゃそうだ。嫁なんだから。家族の一大事に協力するのは当たり前」

真一は十年前から、洋一郎が興した印刷会社の代表取締役に就いている。今ひとつ頼りない真一を経営者として育てるべく、洋一郎は相談役となり、息子に毎日ハッパをかけている。しかし真一は、門外漢のＩＴ技術を駆使したセキュリティ・システムなるものに手を出し始め、洋一郎を心配させている。

「みんなよくやってるねえ。桃子さんは幸せだ」

つぶやく幸田にうなずき、洋一郎はビールを飲んだ。

周りは最近流行り(はやり)の豆乳鍋(なべ)を突き始めた。鮭(さけ)や豚バラ肉、厚揚げを呑水(とんすい)いっぱいに取り、やけにうれしそうなヤツがいる。店内には出汁(だし)のいいにおいが漂い、窓ガラスには、いく筋も結露が垂れている。

そうだ。

桃子は俺と結婚してから、幸せな人生を送ってきたのだ。

桃子を幸せにするため、蒸気機関車Ｄ51のような馬力で、これまでがんばってきた。昔、黒姫山(くろひめやま)という力士がデゴイチと呼ばれたが、俺の方が、ずっと先だった。印刷会社を成功させ、山手線の内側とはいかなかったが、都内に家も建てた。女房に金銭面で苦労をさせたことはない。

六年前に桃子が認知症になってからも、家族で手厚く介護してきた。だから今になって「主人はどこ？」などと繰り返されると、仕方がないとわかってはいても、悲しいような、忌々しいような、腹立たしいような気持ちになる。

わかってくれていたのではないのか。すべて理解してくれていたのではないのか。

自分を探す女房の声を耳にするたび、裏切られたような気になり、洋一郎はいたたまれなくなるのだった。

その翌日、木曜日のことである。

午後三時ごろ、病室のひとりがけソファでうとうとしながら、洋一郎がテレビを観ていると、未菜恵は真一と一緒にやって来た。

「なんだ、お前も一緒か」

洋一郎はテレビのイヤホンを右耳介から外した。そして左の耳穴から耳栓をさりげなく取る。

「耳が遠くなったのかと思ったよ。なんで、個室でイヤホンなんかしてんの？」

真一らは何度か声をかけていたらしい。洋一郎はテレビの電源を切って、「お前、仕事は？」とごまかした。

「ちょっと時間が空いたんだ」

五十歳になったばかりの真一は、突き出た腹を揺らしてダウンコートを脱いだ。この四、五年で真一はすっかり中年体型となり、見た目の貫禄だけは一人前になった。

「急に『おふくろの顔を見に行く』って言い出したんです」

未菜恵は亭主と一緒でうれしいようだ。結婚して十七年も経つのに、真一より九つ若い嫁は、いつまでも恋愛気分が抜けないらしい。

「母さん、どう？　調子は」

背を起こされた姿勢でぼんやりしていた桃子は、視線を息子に向けた。

「主人は？　また池袋に行ったのかしら」

「いきなりそう来るか」

真一は苦笑しながら、洋一郎の向かいのソファに座った。未菜恵は立ったまま、いつものことだといった顔で布団の上のごみをつまみ、ゴミ箱に捨てる。

「あ、そうそう。僕、今度の日曜日、出張になってさ」

真一はそう言い、ジャケットの胸ポケットから取り出したスマホを、いじり始めた。

「なんだって？　俺は朝からゴルフだから、夜までダメなんだぞ」

洋一郎は背もたれから身を起こした。その日は商工会議所の猛者が集う、年に一度のコンペの日だ。

「リサイクルICチップを作らせろっていう、会社に行くことになってさ」

「わざわざ出向くのか。こっちに来させればいいのに」

父親の言葉を無視し、「日曜、ダメなの?」と、真一は女房に向かって問う。

「日曜は朝から、優希未の塾の模試なんだ。終わったら友だちの家で勉強するって言うから、車で送ってやらなきゃいけないし。午後は私のコーラスの練習があるし」

「じゃあ、誰も付き添いができないってわけか」

洋一郎は不満げに言った。付き添いのないときは、看護師が桃子の食事介助をしてくれるが、忙しいので時間をかけてくれない。となると、桃子はろくに食べられない。なにより一日中、身体を拘束されてしまう。嫌がって叫ぶだろう。

「姉ちゃんに頼もうか」

真一はスマホから目を上げた。すかさず未菜恵が言う。

「ダメかも。恭子さん、K-ポップアイドルのコンサートに行くって言ってた気がする」

真一の姉・恭子は会社員で、豊島区でひとり暮らしをしている。未だ独身の中年娘を案じていた洋一郎だが、最近ようやくあきらめがついた。

「またか。いい歳して、そんなものにうつつを抜かして」

「いいじゃない。別に。自分の金でやってんだから」

真一は父親をいなした。

「じゃあどうする? 母さんは一日中縛られて、叫んでしまうかもしれないぞ」

「うーん……。今度の日曜は、病院に任せたらどうかなあ。僕たちこれまで、ちょっと無理し過ぎた感があるし。どうせ、夜は縛られてるんだし」

　真一はスマホを胸ポケットにしまいながら、窓の外に目をやった。寒々しく白っぽい空を、一羽のハシブトガラスが、大きく羽ばたきながら飛んで行く。

「お前、母さんがかわいそうだと思わないのか」

　割り切ったような息子が、洋一郎は納得できない。家族の気持ちはひとつだと思っていた。

「父さんがゴルフに行くの、止めればいいじゃない。ゴルフは肩に悪いよ」

「痛くならないスイングにしたから、大丈夫だ。それに、行かないわけにはいかない」

　すでにひとり、欠席になっている。洋一郎がいないと盛り上がらない、はずだ。

「……あんたにとっては、しょせん他人だからな。桃子は」

　洋一郎が嫁をチラリと見ながらつぶやくと、未菜恵の顔色が変わった。

「私は実の母親と同じくらい、お義母さんのことを大事に思ってます」

「そうだよ。未菜恵は毎日病院に来てるじゃないか」

　真一が慌てて、妻をかばう。

「私、私、毎日帰るとき、お義母さんが身体を縛られているのを見て、つらいです。『おやすみなさい』って言う私に、『取ってよ』って言われて、申し訳ないなあって思ってます」

未菜恵は唇を震わせているが、洋一郎の口は止まらない。

「俺から見たら、桃子のことを、あまり考えてるようには思えんぞ。水餃子を買って来るべきなのに、豚の角煮を買って来たり。そもそも普段からメシのおかずに、出来合いものが多過ぎる。歌ってる暇があったら、少しは作ったらどうなんだ」

「……私、私、毎日優希未を塾に送ったり、篤真のお弁当作ったり、洗濯したり、掃除したり、美容院に行く時間もないのに……。コーラスくらい、やってもいいじゃないですか……」

未菜恵はベッドの足元の柵(さく)を、両手でぎゅっと握りしめた。元々料理の不得手な嫁は、結婚後も桃子に頼りきりだったので、今も大したものは作れないのだ。

「豚の角煮って、母さん、食えるの？」

真一が疑問を呈した。少しやせたのか、最近桃子の入れ歯の調子が悪く、あまり硬いものは噛めないようなのだ。

「豚の角煮、軟らかいの買ったもん。ふたつも食べたんだよ。水餃子、水餃子って言うけど、お店のやつ、食べなかったんでしょう？　……お義母さん、本当は自分の作った水餃子が食べたいんだよ。だって自分の作った餃子が、どこで食べるのよりおいしいって、前に言ってたもん……」

ついに未菜恵は泣き出した。嫁の涙に、洋一郎は少なからず動揺した。

「真ちゃん、私にばっかり、全部押しつけないでよ……。私、ずっとお義母さんの世話してんのよ。友だちの旦那さんたち、ゴミ出しとかトイレ掃除とか、いっぱい、やってくれるよ。真ちゃんだけよ。なんにもしないのは……」

本来なら舅へ向かうはずの不満も、未菜恵は夫へぶつけているようだ。

「今、ほら、新しいプロジェクトが動いてる最中で……。だいたいさ、父さん、昔から横暴なんだよ。僕には僕のやり方があるんだから、口はさまないでよ。デゴイチだか、ココイチだか知らないけど、父さんのころとは違うんだよ。母さんの世話も、未菜恵にばっかやらせないで、自分が面倒看ればいいじゃない。もう会社来なくていいからさ。僕さ、母さんが入院してくれてよかったと思ってるんだ。父さんの出社、午前中だけになったから。父さん、仕事もないのに、一日中会社にいるから、みんな、困ってたんだよ」

「なにぃ？　お前が、しっかりしてないから、俺は」

声がこわばる。嫁にはもちろん、息子にこんなことを言われるのは初めてだ。

「僕じゃなくって、姉ちゃんの心配しろよ。そもそも、姉ちゃんが結婚しなかったのは、父さんのせいなんだからさ」

「なんで俺のせいなんだ！　見合い話も、五十回以上は持って行ったんだぞ。それをことごとく断ったのは、恭子だ」

「姉ちゃんの結婚アレルギーは、父さんのせいだよ。今の母さんを見りゃ、わかるだろ」

思わず息を飲んだ。

洋一郎とて、薄々気づいていた。だから桃子のそばにいるときに、耳栓をしてしまうのだ。

「姉ちゃんが男性不信になったのは、父さんを見てたからじゃないか。父さんが女の家に行ってたから、母さんも今になって、『主人はどこ?』って、父さんを探すんじゃないか!」

そのとき、クロスのモップをスイっと動かしながら、年配の女性清掃員がカーテンの脇から顔をのぞかせた。

「廊下まで声が筒抜けですよ。ちょーっと声を落とした方が、よろしいんじゃありませんか?」

目の縁を化粧で黒々とさせた清掃員はささやくように言い、ニッと笑って出て行った。

思わず口をつぐんだ。三人の視線が交錯する。

そしてベッドの患者に視線が集まった。

桃子は落ち着かない様子で、ずっと指を動かしていたが、洋一郎と目が合うと、「主人はどこ?」と、せかせかした口調でたずねてきた。

日曜日。

洋一郎は朝五時半に家を出た。まだ暗い中、ゴルフキャップをかぶり、白い息を吐きながら、自宅の前で迎車のタクシーに乗りこむ。

「どちらまで？」

「星空病院まで行ってくれ」

ヘッドライトを灯したタクシーは、本郷通りを南へ進む。日曜日のこの時間、さすがに道路はガラ空きだ。

富士神社入り口の交差点で左折し、病院の入院・見舞い受付の前で、タクシーを降りた。

病室に入ると、「誰かー、誰かいないのー？」と、桃子はベッドの上で、か細い声で宙に向かって叫んでいた。目はらんらんとし、指はさかんに抑制帯のボタンをいじっている。

「もう起きてるのか」

「主人はどこに行ったのかしら？」

桃子はいつものごあいさつだ。だが洋一郎は、耳栓をしなかった。

「富士銀行の通帳がないの。ひきだしに入れておいたのに」

「通帳は家に置いてある。富士銀じゃなくて、みずほのだけどな」

ナースコールをして、桃子の胴に巻きついている抑制帯を外してもらう。ついでに検温とオムツ交換が始まった。テキパキした看護師ふたりの連携プレイに、洋一郎は見とれた。

「オムツ交換を、ひとりでやるときのコツは？」

首をひねられながら、洋一郎は寝た人間のオムツの取り換え方を教えてもらう。なかなか難しそうだし、肩にも悪そうだ。第一、桃子が言うことを聞いてくれるかが問題だ。

看護師たちが去ったあと、嫌がる桃子の顔や手をおしぼりで拭(ふ)き、湿らせたガーゼで口の中を拭(ぬぐ)う。結構面倒な作業である。

次に髪をとかして、入れ歯を着けさせた。朝の儀式は、もちろん家では未菜恵がやっていた。それらをほぼ初めて行った洋一郎は、手際が悪いからだろう、道具を探してうろうろし、大変に時間がかかった。

時計を見ると、八時前だった。茨城(いばらき)では「さあスタート」と、皆がグリーンを前に素振りをしているころだ。洋一郎は窓の外の陽光に目を眇(すが)める。今日は冬晴れ。風もなく、絶好のゴルフ日和(びより)だ。

恨めしい気持ちを吹っ切り、桃子のベッドの背を起こした。足の方にすべった身体を引っぱり、しっかりと座らせる。一見入れ歯はきれいに納まってはいるが、やはり歯医者に診てもらった方がいいのだろう。

朝食の献立は、お粥に玉ねぎとじゃがいもの味噌汁(みそしる)、鮭フレーク、温泉卵、春菊としいたけのお浸しであった。

「せっかく朝から来たんだ。心して食ってくれよ」

鮭フレークとお粥をスプーンに載せ、桃子の唇に触れさせてみる。普段よりも嫌がるそぶりは見せない。

と思ったら、なんの脈絡もなく、急に立ち上がろうとした。やっぱり、いつもと変わらない。洋一郎は桃子をなだめつつ、食事介助を続ける。

昼食時と同様に何度もトライし、なんとか味噌汁半分、お粥を四口、温泉卵をひとつ食べさせ、お茶を吸い飲み一杯飲ませると、一時間が過ぎていた。この間、「主人はどこ?」を、桃子は七回口にした。

「ちっとでも食べるんだから、お前もまだ死にたいわけじゃあ、ないんだよなあ」

入れ歯を外して、口の中に残った食べかすを拭い、桃子のエプロンを外した。

ようやく自分の朝食にありつく。売店で買った、鮭と梅干しのおにぎりを、もそもそと洋一郎は二個食べる。ふんわりした高い方のにぎり飯だが、味気なく感じるのはなぜだろう。

まだ九時半だ。今日は「主人はどこ?」を覚悟して、耳栓なしで付き添うと決めたが、先は長い。大丈夫だろうか。

いやいや。

洋一郎は首を振って、ソファに深く座り直した。腹に力を入れて桃子を見ると、桃子もじっと洋一郎を見ていた。まるで「覚悟はいいか」と確かめているようだ。

まかせとけ。あんなことを言われてまで、息子夫婦の力は借りたくない。俺への当てつけを続ける恭子も、もう来なくていい。俺はデゴイチだ。かなりポンコツになってはきたけれど。

よく効く個室の暖房が、心地よく身体を温める。左肩の痛みが引いて行く。やはり身体は温めた方がいい——。

自分のいびきで目が覚めた。

看護師が少し窓を開けて、桃子のオムツ交換をしていた。大の臭気と、吹きこんでくる冷たい空気に、頭が冴える。

よだれをさりげなく手の甲で押さえ、洋一郎は咳払いをして、居住まいを正した。

「今日はお天気もいいし、どうですか？　車椅子で少し散歩されてみては」

「……あーそうねえ。でも、大丈夫かなあ」

看護師の提案に、洋一郎は左肩を気にしながら、返答に迷う。

「車椅子で動いているときは、かえって落ち着かれますし」

そうかもしれないが、今日は寒い。道行く人々に「主人はどこ？」を聞かれるのも避けたい。急に立ち上がられたら、ひとりで対処できないかもしれない。

散歩なんか、未菜恵がいるときに言ってくれればいいのに。と、すぐに考えるところが、よくないのか。

「きゃー、痛いー。止めてー」の悲鳴とともに、看護師の介助で桃子が車椅子に座らされたとき、思いがけない人物が病室に現れた。

「篤真」

孫息子はいつもの黒縁眼鏡をかけ、白いセーターにジーンズをはいて、ダッフルコートを羽織り、リュックを背負っている。

「篤真、どうした？」

看護師を見送りながら、洋一郎は問うた。篤真は休日もずっと部屋に閉じこもり、ヘッドホンをしてパソコンとにらめっこしている。外食以外、家族と一緒に行動しようとしない篤真が、どうしてここに。

「付き添い、いないんじゃなかったんだ」

この子が祖母を気にして、行動するとは思わなかった。小遣いをもらうときだけそばに寄って来る、イマドキのコドモだとばかり思っていたのに。

昔、多少なりとも桃子にかわいがられた記憶がそうさせたのか。理由はともかく、洋一郎は驚きながらも、頬(ほお)が緩んだ。

「どっちから聞いた？　パパか？　ママか？」

「優希夫」

木曜の夜から家の中がギスギスしているので、ふたりは話をしたのだろう。日ごろは仲がよさそうに見えないけれど、ちゃんと兄妹というわけだ。

篤真は床にリュックサックを置いて、祖母の顔が見える位置にしゃがんだ。桃子はしばらく見ぬ顔だと思ったか、盛んに動かしていた指の動きを止め、篤真の顔を凝視する。孫だと識別してはいなさそうだが。

「よーし。散歩に行くとするか」

洋一郎は上着を着て、車椅子のハンドルを握った。

七階からエレベーターで下に降りた。

篤真は黙ってついて来る。祖父母に話しかけもしないが、かといって、嫌々でもなさそうだ。病院だから遠慮するのか、スマホも見ない。ゴルフに行かなかった理由もたずねない。

しんとした一階の外来部門のフロアを抜け、正面玄関とは反対の裏口に出た。

日当たりは悪いが、人目につかないタイル張りの通路がある。点滴棒を押した患者が、厚着をしてのろのろと歩いている。桃子は景色が変わるのが楽しいらしく、おとなしい。

「おばあちゃんと散歩に来て、よかったなあ、篤真」

ふり返って話しかけたが、返事がない。ふと見ると、篤真の耳に白い、コードのないイヤホンがはまっていた。スマホで音楽が聴けるヤツだ。

「おい、病院ではそういうのはするな」

　自分の耳を指で突きながら、篤真に注意した。いつも耳栓をしている自分は、棚に上げる。

「おお！　水餃子の君。探していたよ」

　建物の角を曲がったところで、白衣の医者と出くわした。この間病室に来た、認知症専門(ではないかもしれないが)の老医師だ。

「ああ、先生。この間はどうも」

「リクエストにお応えして、水餃子を準備したんだ。今からキッチン花に来たまえ」

　老医師はあいさつもそこそこに、妙なことを、しかも偉そうに言ってきた。桃子をわざわざ探し回ってくれたようではあるが。

「おお。来ますか。そうですか、そうですか」

　洋一郎が目をパチクリさせていると、老医師は桃子を見て、うれしそうにうなずいた。

　まさか、また反応したのか？　背後から桃子の顔をのぞきこんだが、その横顔はすましたままだ。かすかに吹いた風が、桃子の耳にかかった細い髪を揺らしている。

「さあ、あなた方もご一緒に」

　洋一郎は篤真をうかがった。状況が飲みこめない孫息子は、祖父を見つめ返すだけだ。

「……せっかくのお誘いで恐縮ですが、食べないかもしれませんよ。この間だって、水餃子を少ししか食べなかった」

「それならそれで、いいじゃないか」

老医師は外国人のように、人差し指でクイクイッと「カムヒア」の合図をする。

断る理由もなくなり、洋一郎は誘われる方へと、足と車椅子を向けた。

「……僕、おばあちゃんの笑ったの見たの、久しぶりだわ」

老医師を珍しいものでも見るようにしてから、篤真が言った。

「え、ほんと？　笑ったか？」

「うん」

「へえ。……そうか。笑ったか」

洋一郎は心浮き立つものを感じた。最初に会ったときも感じたが、この老医師は桃子をよみがえらせてくれるのかもしれない。篤真という味方ができたことも心強かった。

「あの医者の名札、なんて書いてあった？」

歩きながら、洋一郎は篤真にたずねた。

「読めない」

「見えなかったか」

「見えたけど、苗字(みょうじ)が読めない。はんしたいし？　下の名前はあきらだったけど」

「はんげせきかな？　はんげいいし？　珍しい苗字だな」

病院の周囲をぐるりと回るように通路を進み、別館にたどり着く。四階までは古くて狭いエレベーターだ。動き始めと停止時に、ガックンと振動するのが少々不安だ。

「先にこっちに来てくれたまえ」

老医師はキッチン花の客席を見せてから、廊下を挟んだ向かいの部屋に、洋一郎を連れて行った。

「綿さん、ただいま。どう、進んでるかい？　準備は。斎藤桃子さんと旦那さんと、ついでに孫まで連れて来たよ」

半下石先生は、その部屋——どうやら厨房のようだ——で作業をしている男性に声をかけた。綿さんと呼ばれた六十がらみのその男性は、作業の手を止め、洋一郎たちに「いらっしゃいませ」と、頭を下げた。役所の防災服みたいな作業着を腕まくりし、白い胸当てエプロンを着けている。

半下石先生も長い白衣を脱ぎ、綿さんと同種のエプロンを着けた。どうやら自ら腕をふるってくれるらしい。

厨房は、客席フロアの半分くらいの広さだ。出入り口から入って左右に分かれるように、作業台がふたつ並んでいる。各作業台の手前にはシンク、奥に二口のコンロが設置されている。向かって左側の作業台では、綿さんが包丁を使っている。

部屋の奥の壁には木製の食器棚が設置され、たくさんの陶器やガラス製の器が、扉のガラス窓からのぞいていた。南側、つまり向かって右側は一面、天井近くまである窓になっており、とても日当たりがいい。

「さあ、君たちも手を洗いなさい」

半下石先生はいきなり命じた。

「は？　私たちも？」

ボウルの中をのぞいていた洋一郎は驚いた。調理を見せてくれるだけだと思っていたのに、まさか手伝わされるとは。

だが、ここまで来て、「できません」はないだろう。洋一郎は篤真と顔を見合わせ、言われるがまま、右側の蛇口で手を洗った。

「水餃子の君もね」

「え？　これも？」

なんと半下石先生は、桃子にも手伝わせるつもりらしい。

「いや、こいつはできないですよ。言われたことを理解できないし、おしぼりで手を拭くこともできないんですから」

「だからこれ、これで手を洗うんだよ。水道に手が届かんだろう。これを使ってくれ」

大昔、診療所で医者が手を洗ったようなホウロウ製の白いベイスンを、半下石先生はスティール製のパイプ台ごと、部屋の隅から運んで来た。紺色の縁の際に、ところどころ錆びが浮いた古いものだ。

「これに水を入れて、流してあげなさい」

これまた小ぶりの白いピッチャーを、空ベイスンの中から取り出し、半下石先生は説明する。病棟の看護師が同型の金属製ピッチャーとベイスンを使って、ベッドの上で桃子の足を洗ってくれたことを、洋一郎は思い出した。

手渡されたピッチャーをしげしげと見ていた篤真は、黙って水栓のレバーを上げ、お湯を出し始めた。

こうなると、協力しないわけにはいかない。洋一郎は壁際にあった丸椅子を運んで来て、腰かけた。そしてベイスンを、台ごと桃子の右の脇へ置き、女房の右手がその中に入るように誘導した。

孫息子は湯を入れたピッチャーを持って来た。

枯れ木のような冷たい桃子の右手に、ピッチャーから温かな湯が少しずつ注がれる。武骨で大きな洋一郎の両手がその手を包み、こすり合うように前後に動く。

窓から射しこむ陽光に、揺れる湯けむりがかすかに見える。おしぼりと違い、気持ちがいいのだろう。桃子は拒否的な仕草を見せない。

ちょろちょろ、ちょろちょろ。

岩清水のように少しずつ流れる人肌の湯は、老夫婦の手を温めた。

思えば老境にさしかかってから、こんなにゆっくり、丁寧に、女房の手に触れたことはなかった。洋一郎は桃子の手のひらや指を一本一本こすりながら、心まで温まっていくのを感じていた。

「篤真。なかなかうまいじゃないか」

孫息子の湯の流し方をほめたが、照れているのか、本当に自覚がないのか。

「こんなのに、うまいもヘタもないいんじゃない？」

「お上手ですよ。一定量の水をピッチャーで流すのは、なかなか難しいですから」

菜箸を使いながら、フォローするように綿さんが言ってくれた。暗い感じのする男だが、わりといいヤツのようだ。

「君たち、石けんを使いなさいよ。ノロもセレウスも怖いから」

洋一郎が悦に入っていると、老医師の茶々が入った。医療者の指摘に、三人は真剣に手洗いに取り組む。液体石けんを使い、左手も同じように洗い終えると、洋一郎と桃子の手は、ひと皮むけたように白くなった。両手だけ五歳くらい若返っただろうか。

「さあ、これを着けて」

斎藤家の三人は、ピンク色の薄いビニール製の使い捨てエプロンを着けさせられた。たぶん医療用だ。

「今日の水餃子の具は、ゆで卵とほうれん草だ」

ひき肉の他に、変わった具が準備されていることに驚く。桃子も筍やエビなどを、ときどき具材に用いたが、こんなにハイカラな取り合わせはなかった。

「さあ始めよう」

半下石先生は右の作業台に、それ用らしい大きなまな板を置いた。打ち粉をして、すでにまとまっているソフトボール大くらいの餃子皮の生地を何度かこね、小型の中華包丁で半分くらいに分ける。再び丸くこねた生地を、器用に棒状にのばし、小さく切り分けた。小さな円柱状のかたまりがどんどんできる。それらをひとつずつ麺棒でのばし、おなじみの丸く平べったい餃子の皮に仕立てあげ、あっという間に、七枚の皮をこしらえてしまった。

「先生、お見事ですね」

洋一郎は感嘆した。その鮮やかな手さばきに、どこかで料理修業でもしたのではないかと思わされる。桃子もこんな風だったが、どこか上品で、やさしい手つきだった。

「手術と料理だけが、私の取り柄でね」

「先生は外科医なんですか？」

「いかにも」

認知症専門じゃなかったらしい。

「さあ、やってみたまえ。まずは若人から」

半下石先生は、麺棒を篤真の方に差し向けた。若い研修医に、手ほどきをするかのような口ぶりだ。桃子は我関せずで、ときどき変な方を向いて、意味の通らないことをブツブツ言っている。

少し戸惑いを見せながらも篤真は、半下石先生をまねて、もう半分の生地をこねてみせた。

だが、そこまでだった。学校以外で調理経験のない十六歳男子は、小麦粉のかたまりを細長くきれいな円柱状にのばせない。ところどころ強く握りしめたような、細過ぎるか所ができてしまう。ピッチャーで水を流すようにはいかない。

「はっはっは。蠕動運動する小腸みたいだな」

先生に嗤われ、篤真は頬を赤くして、くねくねした紐のような生地を再び丸めた。

綿さんは無言で、エビの殻を剝いている。どうやら彼は他の料理の担当で、水餃子には参戦しないようだ。

孫の敵討ちとばかりに、洋一郎は篤真から餃子の生地をもらい受けた。

人肌で温くなった、粘土のような小麦粉のかたまりを、洋一郎は棒状にし、いくつか小型の円柱をこしらえた。

「さすが、おじいちゃんは、うまいねえ」

麺棒と格闘する洋一郎を、半下石先生はほめた。

「いよいよ、おばあちゃんの番だ。綿さん、ここにまな板を置いてくれ」

綿さんは作業の手をピタリと止めて、車椅子に近づいた。そして、車椅子の両の肘かけに橋を渡すように、長いまな板を丁寧に置いた。小さく丸められた皮の生地と麺棒が、続いてその上に並べられる。

洋一郎は手を止めた。桃子はまな板の上には関心を示さない。顔だけは、洋一郎の方に向いている。

一瞬、桃子の手を誘導してやろうかと、洋一郎は思った。だがそうするまでもなく、やがて桃子は、引かれたように左手を生地の上に置いた。

「のばしてみろ」

洋一郎は思わず近づいて、しゃがんだ。桃子は顎を引いて、骨ばった手を探るように動かし、生地を揺らしている。

「そうだ。そうして、のばすんだよ」

洋一郎は麺棒へと桃子の右手を運んだが、それを握ろうとはしない。

「お前は昔、皮を作っていたじゃないか。何枚も、何枚も」

洋一郎は言わずにはおれない。無理だとわかっていても、どこかで桃子が元に戻ることを期待した。

「やっぱりダメです」

桃子は生地に手のひらを押しつけるものの、その先には進まない。生地をなでるだけだ。得体の知れないものを、持て余しているように見えた。

「主人はどこ？」

桃子は言った。

一瞬でも望みを持ってしまったおのれを、洋一郎は嗤う。できるはずなどない。桃子が元に戻ることは、絶対にあり得ないのだ。

作業台の向こうから祖母を見守っていた篤真が、鼻から息を吐いた。孫も期待していたのだろう。

黙って立っていた半下石医師だが、おもむろにまな板の上の生地をつまんで、桃子の唇に触れさせた。

「なめてごらん」

先生に言われ、桃子は夫を見つめながら、生地のかけらを生のまま、むにょむにょと口の中におさめてしまった。洋一郎は思わず声を上げる。

「先生、そんなことしていいんですか？」

「触っただけではわからんのだ。五感で感じることが必要だ」

「それで思い出せるんですか？」

「そうさ。口に入れれば、味や感触、においがわかる」

うそぶく老医師をいぶかりながらも、桃子の口元に注目した。古女房はすましして、もごもごと顎を動かしている。

「……食べちゃうんじゃない？」

篤真が心配そうに言った。しかし桃子は手のひらをまな板の上に置いたまま、飴でもなめるように、閉じた口を動かし続ける。

「……おばあちゃんは飲みこまないで、ずっとモグモグやっていることがある。それに、食べても死にゃあしないだろう。ねえ、大丈夫ですよね？　先生」

「小麦粉と水と塩だけだ。それっぽっち、腹もこわさない。もしなにかあっても、治療環境は完璧だから、心配ご無用」

ラクダのように口を動かしている桃子を、四人はしばらく見つめていたが、「我々は餃子を包もう」の、半下石先生のかけ声で作業が再開された。

何度かの試行錯誤の末、餃子の皮作りは洋一郎、餡を包むのは半下石医師、篤真は綿さんを手伝うという役割になった。洋一郎は右側の作業台で半下石医師と向かい合う。

餃子皮に餡を包むのは、本当に難しい。ましてや、刻んだゆで卵とゆでたほうれん草もプラスするのだ。はみ出さぬよう、そして半月形にするのは、職人技がないとできなかった。

「……どうして人間は、認知症になるんでしょうかねえ」

麵棒を転がしながら、洋一郎はつぶやく。

窓辺で穏やかな太陽の光を浴びながら、桃子はまだ口を動かしている。

「……どうしてだろうねえ」

「こんなに医学が発達しているのに、まだ認知症を治す薬ができないなんて」

「人が考えることは、たかが知れてる。しかも野蛮だ。人間の身体の方が、ずっと複雑で高尚だ。だから医学は、人間の身体に追いつけないのだよ」

半下石先生はきっぱりと応えた。

こうした手仕事はゴルフより無心になれて、大いに気分転換ができる。洋一郎は話しながらの作業が楽しくなってきた。

「いえね、私はね、『主人はどこ？』の嫌味じゃなくて、『私は池袋の女のアパートの前まで見に行ったのよ』と、真正面から言われたいんですよ。それから、庭を見ながら茶でも飲んで、長年の夫婦の思い出を語り合いたいだけなんですよ」

自分と年の変わらなさそうな医師に、つい本音が漏れた。綿さんにも心を許せる気がした。

「マジ？　おばあちゃん、おじいちゃんの浮気現場を見に行ったんだ」

いち早く反応したのは篤真だ。だがそれは、織りこみずみだ。

「おじいちゃんが浮気ばっかしたから、ストレス激溜まりで、おばあちゃんは認知症になったんでしょ？」

やはり篤真は誤解していた。「主人はどこ？」の理由を、親が変におしえたからだろう。気恥ずかしさもあり、真一たちに正面から説明はしていない。言い訳するのは好まないし、今さら言ってもどうにもならんと、あきらめてもいた。

けれど孫には、真実を知ってほしいと、洋一郎は思った。老い先短くなると、自分を語りたくなるのは、本当らしい。

「おばあちゃんが道路に立っているのに気づいて、俺が部屋の窓を慌てて閉めたことが、よくなかった。でもやましいことはなかったから、いつでもドアをノックしろと待っていた。でもおばあちゃんは、最後まで来なかった」

「やましいことないって、マジ？」

「会社の女の子の相談にのっていただけだ。独身なのに、妊娠したって言われてな。内容が内容だから、泣かれたら困るし、彼女のアパートで話をしたんだ」

「何回も、話だけ？」

「何回もって、二、三回だよ」

「何人もいたって、お父さんは言ってたけど」

「もう皮は、それくらいでいいよ」

半下石先生は話の腰を折るように、餃子の皮作りをストップさせた。洋一郎は作業を止めたが、メゲずに話は続ける。

「なぜか、うちの会社の事務の女の子は、入ってくる娘、入ってくる娘、結婚の予定もないのに、三人も妊娠したんだ」

本当だった。優秀で真面目な娘を採用したつもりの洋一郎は、社長として忸怩たる思いだった。時代も時代だ。親御さんからあずかった、嫁入り前の娘さんがこんなことになってと、平身低頭で実家に同行したこともあった。無論、そんなこと桃子や子供たちに言えるわけはない。三人の相手は社内の同じ人物だったが、妙に仕事ができたため、洋一郎はクビを切れなかった。ヤツの餌食にならないよう、三人目の事務員は三十八歳の既婚女性を採用したが、同じことが起こり、旦那にもバレて、それも大変だった。

「おばあちゃんには一回、説明したんだけどなあ。夫婦仲には自信があったし。仕事に口を出すなと言ったけど、本音は納得してなかったんだろう。ゴタゴタしたのは、もう三十年以上も前なのに、今になって思い出すんだなあ」

洋一郎は桃子に目をやった。本人に聞かせるつもりもあったけれど、古女房は車椅子に鎮座し、口を動かすばかりだ。元に戻れば、またきちんと説明することもできようが。

「まだなめてます。生餃子の皮」

いつものように、口の中から取り出してやろうか。

「忘れた時間が長ければ長いほど、思い出すのに時間がかかる。気長に待ってやんなさい」

半下石先生はそう言って、湯が沸いたかどうか、綿さんにたずねた。

綿さんはうなずく。いつの間にか生餃子は、五十個以上もできていた。

「いいじゃないか。あなたは奥さんが、こうして生きているんだから」

「ということは、先生の奥さまは……」

「せっかく、私が手術をしてやったのに」

洋一郎の問いに、半下石先生は悲しそうに言い、水餃子をひとつ、大鍋に投げ入れた。

グラグラと沸いた湯の中に水餃子を投入する手を止め、洋一郎はたずねる。

「え？　先生自ら、メスを握ったんですか？」

「……そうです。手術は成功し、奥さまはとても元気になられました」

本人は応えたくないらしい。急に押し黙った先生の代わりに、綿さんが静かに応えた。

先生の奥さんのことも、見知っていたのだろう。

鍋の深いところで餃子が、ゆらめいている。手術はうまくいったのに、今この世にいないということは、あとの治療がうまくいかなかったのか、他になにかあったのか……。

「人が考えることは、たかが知れてる。しかも野蛮だ」に関係ありそうだ。いずれにしても、これ以上の質問ははばかられる。洋一郎も口をつぐんだ。

「……私のせいだよ」

「違います！　先生のせいではありません。私の父も友人も、先生に手術してもらったおかげで、いまだピンピンしております。そんなこと言わないでください！」

やがてポツリとこぼした先生に、綿さんがすがるような声で言い募った。洟(はな)をすすりながら、篤真の横で、高級食材ズワイガニ足の身をほじっている。

「私は自分がヤブ医者だったと、つくづく思い知らされた……」

「先生に助けられた患者は一万人以上もいるんですよ。先生は決してタケノコ医者なんかじゃありません！」

「ひどいじゃないか、綿さん。タケノコだなんて、私は言っとらんよ。ヤブ医者、せめて、土手医者くらいにしてくれ」

　半下石医師が憮然(ぶぜん)とすると、綿さんは何度もうなずきながら、「すみません……」と、自分の肩口で涙をぬぐった。綿さんは、この医者にズケズケと言うことのできる間柄らしい。

　鍋の中の水餃子が、ひとつ、またひとつと、浮いてきた。

　漫才のようなやり取りにはいくらか引いたが、誰よりも助けたいだろう、自分の女房に死なれた半下石先生の悲しみはいかばかりか。

　洋一郎はやるせない思いをくみ、ゆで上がった水餃子を、ひとつひとつ網じゃくしですくい、大皿に載せていく。

篤真はさっきから黙りこくって、湯気の上がる水餃子を見つめている。もしかしてイヤホンを着けているのか？　しかし、孫息子の耳にはなにもない。

気づけば、桃子の口は動いていなかった。

綿さんの作業も、終わりを迎えた。残るは、半下石先生が「エビチリをちょちょっと作って、カニ炒飯をジャッと炒める」だけだった。綿さんがそれを手伝うようではあったが。

「先にこれを運んで、食べててくれ」

洋一郎と篤真は向かいの部屋へ、じゃがいもとピーマンの細切り炒めと、水餃子の皿を運んだ。

客席フロアは蒸していた厨房と違って広く、乾いた空気が心地よかった。

手前の丸テーブルに皿を並べる。大きな窓に面した温室の方を向かせて、桃子の車椅子を落ち着かせると、洋一郎は桃子の右隣に、篤真は左隣に座った。

時刻は午後一時を過ぎていた。

壁際に観葉植物やプランターが並んでいる。冬場は色鮮やかな花を目にすることは少ないが、ここには紫や黄のクロッカス、藤色のカトレアが静かに咲いている。

小ぶりの鉢に植えられた薄いピンクのシクラメンに気づいた洋一郎は、立ち上がって、それをテーブルの中央まで運んだ。桃子はシクラメンを大切に育てていたことがあった。

「お前の好きなやつだな」

話しかけると、桃子は瞬きを繰り返し、なにか言いたげに口を動かした。

「派手じゃない、くすんだピンク色が好きだと言っていたなあ、おばあちゃんは。派手なピンクや黄色い花じゃなくて、こういう地味な色のシクラメンが好きだと言っていた」

夫婦として連れ添う道中、言いたいことはいろいろあっただろう。しかし桃子は、黙って俺に従ってくれた。シクラメンの花のように、寒くとも凛と咲き、仕事仕事で家庭を省みない洋一郎を支えたあげく、自分のことも自分でできなくなり、好物も食べられなくなってしまった。

「お待たせしたね。どうだい？　奥さん、食べてる？　あれ、まだ食べてないの？」

半下石医師が、カニ炒飯の大皿を手に、派手にドアを開けて入って来た。

「先生、お箸と小皿を、まだ出していませんでした」

エビチリの大皿と食器の載ったトレイを掲げ、綿さんが先生を追いかけるようにやって来た。

「おや、そうだったの。もう、あなたたちも、ぼーっとしてないで、皿くらい取りに来なさいよ。せっかくの料理が、冷めちゃうじゃないか」

さっきの悲しい話はすっかり忘れたかのように、半下石医師は苦言を呈する。

「すみません」

そうだ。ああいう話は引きずらない方がいい。年を取るということは、いろんなことを乗り越えるということだ。乗り越えるため、人は人に語るのだ。

洋一郎はシクラメンの鉢をずらし、取り皿や割り箸、お茶用の白磁の茶碗を並べる綿さんを手伝った。綿さんはわざわざ、桃子用に小さな紙エプロンを準備してくれていた。

「先生たちは、食べないんですか?」

食器は三人分しかない。

「いいのだ、我々は。客とは同席しないと決めている。でないと、お代がいただけないからね」

「そうですか。では、遠慮なく」

「いただきます」

カニ炒飯とエビチリ、じゃがいもとピーマンの細切り炒め、少し冷めてしまったが、たくさんの水餃子に、祖父と孫は両手を合わせた。半下石先生は客を見守るように、テーブルから少し離れたところに椅子を置いて座った。綿さんは静かに部屋から席をはずす。おそらく、あと片づけのため、厨房に戻ったのだろう。

まずは五十もできた水餃子。昔はこの半分以上をひとりでペロリと平らげたものだが。

洋一郎は箸を取る。

小皿の上の餃子をひとつ、箸で割ると、透明な肉汁がじゅわっとあふれ、ほうれん草と卵の黄身と白身が目にとびこんできた。

半透明の餃子の皮は、ぷるんと舌に当たり、嚙むともちもちと軟らかい。我ながら上出来、と言いたいところだが、麺棒でのばしただけでは、あまり自慢はできないか。

ともあれ、ほうれん草とゆで卵の歯触りが、豚ひき肉の間で異彩を放っている。五香粉、すなわち八角、ウイキョウ、桂皮（シナモン）、山椒、丁香（クローブ）もほのかに香り、本格的な水餃子だ。にんにくが入らないところがいい。にんにくを餃子に入れると、その強い風味が具のうまさを打ち消してしまうので、洋一郎は苦手だ。桃子も餃子ににんにくは入れなかった。

篤真は次から次へと、水餃子に箸をのばしている。ゆで卵とほうれん草は、ティーンエイジャー好みかもしれない。下味がしっかりしているので、篤真はそのまま食べているが、酢醤油とごま油が卵の黄身に浸みこむと、これまたオツな味わいになる。

二つばかり水餃子を食べてから、洋一郎は女房の食事介助に取りかかった。箸で餃子を半分に割り、桃子の口元に餃子を持っていく。

「ほら。水餃子だぞ」

やがて桃子は、口を開いた。

舌の上に水餃子を載せると、半開きの口で、顎を細かく上下に動かした。わざと空気をまぜながら、食べているような。いつもと食べ方が違うと思ったが、その方が顎に力が入るのだとわかった。

飲みこんですぐに、桃子は口を開けた。舌の上には食べかすしかない。入院して以来、食事の催促は初めてだった。

洋一郎はまた半分にした水餃子を、桃子の口に入れた。すぐに嚙み始め、飲み下す。普段は次のひと口にまで、とても時間がかかるのに、桃子はどんどん飲みこみ、あっという間に、水餃子を七つも平らげた。

感無量だ。桃子がこんなに食べたのは、手術して以来、初めてだ。

お前は生きたいよな？

まだ俺と一緒にいたいと思ってくれているよな？

俺を捨てたりしないよな？

自然と洋一郎の顔はほころんでゆく。

「ちょっと、思い出したかな？」

「ええ。水餃子の味を、すっかり思い出したようです」

半下石先生に応えながら、洋一郎は大きくうなずいた。

それから桃子は、食べること自体を思い出したかのように、料理を次々と食べた。

洋一郎も、食べながらの食事介助だ。

じゃがいもとピーマンの細切り炒めは、じゃがいものシャキシャキした音が、小気味よく脳髄まで響く。じゃがいも特有の風味とごま油がきれいにマッチし、でんぷんでベトベトもしていない。

エビチリは、プリプリの大きな車エビのむき身に、トマトと長ねぎのソースがねっとりと絡んでいる。市販のケチャップだけで作ったソースと違い、トマトの酸味と甘みがエビのコクとよく合うひと皿だ。チリとうたい、唐辛子(とうがらし)の破片もところどころに見えるけれど、意外と辛さは感じない。辛いものが不得手な篤真も、食べるのに支障はないようだ。

「おばあちゃん、めっちゃ食べてる」

料理にがっついていた篤真は、ひと呼吸置くように感嘆する。

カニ炒飯もスプーンで口に運んでやる。ゆっくりとした桃子の咀嚼(そしゃく)と嚥下(えんげ)の間に、洋一郎自身も炒飯を味わう。

カニの身がゴロゴロと入り、しゃきしゃきのレタスと、ふんわり炒められた黄色い卵がおいしい一品だ。ほめ言葉そのもののパラパラ炒飯は、飯粒の中身がしっとりしており、米のうまみも感じられた。

結局、じゃがいもとピーマンを五口、水餃子を八つ、エビを四尾、炒飯を小ぶりの茶碗に一杯分も、桃子は食べた。

「本当にごちそうさまでした。家内も久しぶりに、たくさん食べられました」

洋一郎は心から手を合わせた。ふくれた腹をさすっていた篤真も、慌てて手を合わせる。桃子は余韻にひたるかのように、ときどき口を開いては閉じを繰り返し、シクラメンを眺めている。

「水餃子がお母さんの味だということを、やっと思い出したんだね」

「はい。先生の言った通り、手で感じられなかったことを、舌で感じたようです」

「餃子を食べるにはちょっと早かったかもしれないが、大みそかに向けての予行演習で、よかったんじゃないか」

さすが先生。桃子の出自を、ちゃんと見抜いていた。

「桃子が中国人だとよくわかりましたね」

「媽媽（ママ）の発音が、日本のママとは違ったからね」

中国語でお母さんを意味する媽媽は、頭にアクセントを置き、若干のばし気味に「マぁマ」と発音する。

「大みそかに餃子って、どういうこと？」

老人の会話を聞いていた篤真が、口をはさんだ。

「中国で餃子の餃の字は、『ジャオ』と発音するんだが、交通の交の字も、『ジャオ』と、同じ音なんだ。だから新しい年を迎えるときや、季節が変わるとき、つまり時が交代するにあたって、次の時代の繁栄を祈って食べる、縁起のいい食べものなんだ。餃子は」

洋一郎は説明した。昔、桃子から聞かされたことだ。

「ふーん。おばあちゃん、本当に中国人だったんだ」

「そうだぞ。お前、疑ってたのか」

「疑うっていうか、おばあちゃん、あんまりそういう話、しなかったからさ」

確かに桃子は、自分の生い立ちを人に語らなかった。直接理由をたずねはしなかったが、差別や偏見を恐れたのだろう。しかし今、家族の歴史を知らない孫息子に危機感を覚える。このままだと、桃子や自分の苦労を知る人間は、いなくなってしまう。

「おばあちゃんはな、俺のバイト先、芝浦(しばうら)の埠頭(ふとう)に出てた屋台の、看板娘だったんだ」


昭和三十年代後半。洋一郎は高校の学費を稼ぐため、船の荷の積み卸しアルバイトをしていた。夜を徹しての作業は時給が良く、毎日働かなくてすんだ。

食べ盛りの十代のこと、動けばすぐに腹が減る。洋一郎はふかしたさつまいもや塩むすびを、夜食に持参していた。真冬はいもも飯も、氷のように冷えた。それを口の中で温めながら咀嚼するのは、なかなか悲しいことだった。

ある冬の晩、埠頭の片隅に屋台が出た。中年の中国人ママとその娘が水餃子を作っていた。その屋台の明るい笑顔の娘こそ、桃子だった。

中国人ママが作る水餃子はうまかった。特に冬場は熱い食塊(しょっかい)が、身体の隅々まで温めてくれた。水餃子はゆで汁ごと客に提供され、屋台には男たちの長い行列ができた。もちろん洋一郎も、財布の中を気にしながら並んだ。

屋台が来るようになって、半年ほど経ったころ。理由はよく憶(おぼ)えていないが、洋一郎の手が泥だらけだったことがあった。しかし空腹だった洋一郎は、どうせ箸で食べるのだと手も洗わずに丼鉢(どんぶりばち)を持ち揚げようとして、ママにたしなめられた。

「手、洗ってきな」

「いいだろ、そんなこと」

「ダメ。汚い。お腹壊す」

確かに汚かったが、水栓のある場所まで行くのは面倒だった。

「じゃあ、あたしが」

やり取りを聞いていた桃子が、ひょいと屋台の表に出て来て、レンゲに載せた水餃子を、洋一郎の口元まで持ってきた。突然のことで拒否する間もなく、洋一郎はみんなが見ている前で口を開いた。

はふ、はふ、はふ。

つるんと口の中に流し込まれた水餃子は、当然ゆでたてだった。

「はっひぃ！」

余りの熱さに洋一郎が駆け出すと、みんなの爆笑を誘った。もったいないので、吐き出すことなどできず、上を向いて口を開け、白い息をまき散らしながら走り回った。

「なんだい、おいらにも食わせてくれよ」

「桃ちゃん、斎藤の野郎に惚れてんのか」

冷やかしを避けるためもあり、そのまま手を洗いに走った洋一郎は、屋台のそばに戻ってからも、丼鉢を持ったまま歩き回った。

面白くもなんともない港湾の力仕事。皆のストレスは、自然と年少者に向いた。それまで洋一郎は嫌がらせも受けていたが、この一件以来、やりやすくなった。

その夜から、水餃子をひとつ口にする度、洋一郎はいちいち走り回って白い息を吐き、笑いをとった。その姿が蒸気機関車のようだと、いつしか洋一郎のあだ名は「デゴイチ」になったのだった。


「半年ほどして、おばあちゃんの母親、つまりお前の曽おばあちゃんが、急に死んでしまってな。突然、おばあちゃんは天涯孤独になったんだ。でもおばあちゃんは、ひとりで屋台を引いて、また埠頭で水餃子をゆでた。毎日、毎日。まだ十九歳だったんだぞ、おばあちゃんは。すごいなと、俺は思った。生きる覚悟がすごいと思った。でも女だ。ひとりじゃ、なにがあるかわからない。守ってやらなきゃと思った。それでおじいちゃんは、おばあちゃんと一緒になったんだ」

「ふーん」

祖父母のなれそめに、興味があるのかないのか、孫息子の反応は薄いが、洋一郎は語らずにはおれない。

冬の午後の陽差しがぐっと傾き、サンルームの植物の淡い影を、部屋の床に浮かべた。

「バイトでは外国船の荷も扱った。その中に外国の雑誌や本があったんだ。きれいなグラビアや立派な本の装丁に憧れてな。盗み読みしてるうちに、印刷会社に入ったら、こういうのが作れると思って就職した。それから、自分で会社を興したんだ」

洋一郎はおもむろに、隣の桃子の手を握った。なぜだか、突然握りたくなった。

すると桃子が、昔のように洋一郎にたずねてきた。

「水餃子、五人前？」

「五人前？」

篤真が驚いたように問う。

「……おじいちゃんは昔、屋台で五人前の水餃子を食ったんだ」

一人前六個の水餃子を五人前。計三十個の餃子を洋一郎はひとりでたいらげた。

「洋ちゃんはね、デゴイチになるのが大好きなの。私は手を痛めたみたいで、うまく作れないから、あなたが餃子を作ってくれない？」

桃子はさばさばした口調で、洋一郎に向かって言った。

「……わかった。俺が水餃子を作るよ」

　声をしぼり出し、洋一郎は桃子の手を強く握りしめる。桃子も応えるように、細い指で握り返してくる。テーブルの上のシクラメンが、静かに香る。

　そうか、お前はやっと思い出したか。

　洋一郎は桃子の左手を両手ではさんで、強く揺らした。

　これから孫たちに、俺たちの歴史を少しずつ語ろう。なあに、時間はたっぷりとある。もう会社には行かないし、「主人は?」と聞かれても俺は平気だから、散歩も風呂も食事も一緒にしよう。お前も食べれば、すっかり元通りに歩けるようになるさ。

　半下石先生が立ち上がり、そばに寄って来て篤真の肩を突き、まるで演出家のように、「君もおばあちゃんの手を握ってあげなさい」と、促した。

　複雑な顔で、ためらいながら祖母の右手を取る篤真に、洋一郎が軽く吹き出すと、ポケットのガラ携が鳴った。

　誰それがコンペで優勝したと、自慢を兼ねた報告か、と思ったら、未菜恵からだった。

「はい、もしもし」

「あ、お義父さん? どこにいるんですか?」

「キッチン花だよ」

「どこです? キッチン花って。そんなお店、この辺にありましたっけ?」

洋一郎はそれには応えず、大きな窓から遠くに目をやる。ビルや銀杏の木の上に、雲ひとつない、ほんのりと青い空が広がっている。

「お義父さんと孫と散歩に行ったたって言われて、待ってるんですけど、なかなか帰って来ないから」

「待ってるって、未菜恵さん、あんたどこにいるんだ？」

「病室です。お義母さんの」

「コーラスの練習は？」

「休みました。優希未を友だちの家に送って、病院に来たんです。お義父さんこそ、ゴルフに行かなかったんですか？　孫って、篤真でしょ？」

「ああ、そうだ」

「どうして篤真がいるんですか？　あの子、病院嫌いなのに。お義父さんが呼び出したんですか？」

　不思議そうに言葉を連ねる未菜恵の様子を楽しみながら、洋一郎は桃子の手を握り直した。

第三話

もう一度ハンバーガー

十二年も留守にしていた間に、日本は変わった。変わっていないのは、お父さんだけだ。

弥生はしみじみ思いながら、三口目のビーフバーガーを頬ばった。

厚めのパテはビーフ一〇〇パーセント。焦げ具合がなんともcoolで、ナツメグの香りと塩加減が絶妙だ。輪切りトマトも存在感があり、トマト好きな弥生にはうれしい。千切りレタスも甘く、スライス玉ねぎは鼻にツンと来ない。よく焼きベーコンにチェダーチーズがたっぷりからんでいるが、今日はカロリーを気にするのはよそう。

ドイツの白パン風バンズはきめが細かく、ふんわりしつつも噛みごたえがある。トマトケチャップの下に敷かれたマヨネーズソースは個性的で、タイムの風味がたまらない。弥生の暮らすミシガン湖のほとりには、お仕着せのハンバーガーショップしかないので、日本でパーフェクトなハンバーガーに出会えたことがうれしい。星が見られなかったことを、こんな形で慰めてもらえるとは思わなかった。

「お口に合いましたかな？　ハウ　ドゥー　ユー　テイスト？」

ドクター半下石が、ラウンドテーブルの向こうからジャパニーズ・イングリッシュでたずねてきた。弥生の右隣に、長女、長男、夫と、並ぶように腰かけていたガードナー一家は、いっせいに応(こた)える。

「おいしいです」

「Good. オイシイ」

「トテモオイシイデス」

「Awesome!」

一家はサムズアップしながら、英語と日本語で口々にほめたたえた。

「そうかい。うん。よかった、よかった」

白いケーシー型ユニフォームにブッチャー・エプロンを着けたドクターは、満足げにうなずく。ちなみに、スタンドカラー・上下セパレートの白衣をケーシー型と呼びならわすのは、一九六〇年代に大ヒットしたアメリカのTVドラマ「ベン・ケーシー」の主人公が由来である。

弥生と夫のジェフ、双子の姉弟のエリとジョーは、星空病院の一角にあるキッチン花で、昼食の真っ最中だ。

昨日の夜九時ごろ、父・昭夫(あきお)の主治医から病状説明をされた弥生が、テニスコートで夜空を見上げていると、このドクター半下石に声をかけられたのだ。仄明(ほのあか)るい都会の夏空は、曇っていたせいもあり、星のひとつも見えなかった。そう愚痴ると、慰めてやろうと思ったか、ドクターがキッチン花に招待してくれたのだ。

ミーティングルームを風景画や観葉植物で飾ったこのレストランは、テーブル&チェアも白色だけに、アクセントがほしくなる。ビルの屋上テラスにつながるサンパーラーは、都会のオアシス的ではあるけれど。

背の低いひまわりを見ながら、弥生はハンバーガーをまたかじる。

今日のメニューは、リクエストしたハンバーガーのほか、フライドポテト、オニオンリングにワカモレ、コーンとキャベツのコールスローだった。ドリンクも各種、取りそろえてくれて、ジェフはルートビア、エリはオレンジジュース、ジョーはアップルジュース、弥生もジンジャーエールと、好みのものにありつけた。

〈ママ、ここ完璧。明日も来ようよ〉

エリが唇の端にソースをつけたまま言った。思春期突入で生意気になってきたエリだが、こうしていると四歳児に戻ったかのようだ。

〈さっきまで、天ぷらがよかったって、駄々こねてたくせに〉

〈そりゃ、天ぷらならもっとよかったけど〉

ドクター半下石は英語が堪能ではないらしい。まったく表情を変えない彼に、天ぷらをはぶいて、エリの感想を日本語で伝えると、「気に入ってくれてうれしいね。サンキュー、サンキュー」と、ドクターは笑ってうなずいた。

「でも明日は綿さんが休みだから、キッチン花は休業だ」

続けてコメディアンのように、大げさに肩をすくめるShrug(シュラグ)をしてみせたドクターに、一家は笑った。自称「手術と料理に絶対の自信があるヤブ医者」は、アシスタントがいないとお手上げらしい。

ジョーがハンバーガーの間から、きゅうりのピクルスをさりげなくつまみ出し、エリの皿に置いた。弥生の目が光る。

〈ジョー。ピクルスは健康に良い。食べなさい〉

〈エリが食べたそうにしていたから、譲ったんだ〉

〈食べたそうになんかしてないしー〉

エリににらみつけられ、ジョーは目をそらす。エリは勝気でものをはっきり言うタイプだが、ジョーはやさしくて控えめな性格だ。

するとジェフが手を伸ばして、エリの顎(あご)を撫(な)でたあと、ジョーのピクルスをつまんで自分の口に入れた。そしてジョーの頭を撫でてから、再び自分のハンバーガーを大きな口でがぶりとやる。

エリは撫でられた顎に手をやって確認している。無頓着(むとんちゃく)な父親が、ソースのついた手で自分の顎を触ったのではと疑っているのだ。口角のソースには気づかないくせに。

アフリカ系アメリカ人のジェフは、弥生より二つ年下の三十九歳。黒く見事な巻き毛は、エリには完全遺伝したが、ジョーにはあまり受け継がれなかった。ジョーの黒髪は弥生と同じく、軽くウェーブする程度。肌の色はふたりとも紅茶のような褐色なのに、不思議だ。ともあれ、子供たちをかわいがるジェフの姿は、良き父親そのものである。

〈それで君はどうするの？　午後は君のパパのところに行かないで、僕らと一緒にスカイツリーに行くかい？〉

ジェフはフライドポテトをひとつつまみ、弥生にたずねた。ウエッジは大きくホクホクしているが、シューストリングの方が好きな弥生は、ちょっと残念ではある。

〈わからない〉

昨夜に引き続き、弥生は今日の午前も昭夫を見舞った。すると、六人部屋の一番奥にいた昭夫は開口一番、「なぜ、お前がここにいる？　二度と顔を見せるなと言ったのに」と、言い放ったのだ。

十二年ぶりに再会した娘に、いきなりそれはないだろう。過去は水に流して、「お前はかけがえのない娘だ、よく来てくれた」と歓迎するのが、父親の正しい態度ではないのか。照れくささもバツの悪さもあるのかもしれないが、父は未だに、自分の結婚を許してはいないのだと、弥生は悟った。

昨夜は昭夫が眠っていたので嫌な思いはしなかった。けれどまともに会えば、けんかになる。これじゃ夫と子供たちを昭夫に会わせることなど、夢のまた夢だ。

〈ママはグランパと仲直りできるの？〉

　エリがオニオンリングを食べながら、質問してきた。

〈できるかどうか、わからない。相変わらず、グランパは嫌なヤツだったし〉

　言いながら、弥生がハンバーガーをかじると、嚙み切れなかったベーコンが唇の端から垂れ、ソースが顎を伝った。子供たちには、「病気のグランパと仲直りするために帰国した」と説明してある。

〈久しぶりに会ったのに、なぜ日本に来た、って言うんだよ〉

〈グランパ、サイアク。まるでトビーみたい〉

〈やっぱり『クソジジイ』なんだね〉

〈『クソジジイ』ったら、悪魔と同じ顔に違いないわ。牙もしっぽもあるよ、きっと〉

　ジョーもエリも「クソジジイ」の部分だけを日本語で言う。

　弥生は子供に問われるたびに、昭夫とはけんか中で会えないと説明してきた。だから子供たちは祖父のことを、「ママをいじめるクソジジイ」と思っているのだ。

〈エリ、だからって、トビーに仕返ししたときみたいに、ディバッグにこっそりケチャップを絞り入れないでよ〉

　正義感の強いエリは、半年ほど前にクラスメイトのリベンジを買って出た。結果、いじめっ子トビーのテキストブックやメモパッド、Tシャツに至るまで、弥生は弁償させられた。

　トビーの母親の嫌味も天下一品だった。あからさまな表現はなかったが、〈これだから有色人種の家庭は……〉とでも言いたげに、弥生をにらんだ。あんな目で見られることも、だいぶ減ってはきたが、けっしてなくなることはない。

〈でも、おかげでトビーはちょっとおとなしくなったから、私はみんなに感謝されてる〉

〈じゃあいっそのこと、クソジジイのベッドの上に、I love you って、ケチャップで書いてみるか。そうしたら、おとなしくなるかも〉

　エリとジョーに、ジェフがジョークを返した。三人はキャッキャと喜んでいる。

「なんだと？　どうして私が君たちに、クソジジイと言われなきゃならんのだ。それでなくとも『ハゲ石頭』だの『頑固ジジイ』だのと、陰口をたたかれているのに」

「ノーノー！　違います、ドクター。誤解です。クソジジイは、私の父親のことです」

急に憤然としたドクター半下石に、弥生は慌てて両手を振る。容貌（ようぼう）からして七十歳を過ぎていそうなドクターは、少々被害的思考の持ち主らしい。

「なんだ、脅かさないでくれよ。まったくネイティブの発音は、紛らわしくて困る」

〈で、どうするの？　ヤヨイ〉

怒りの治まったドクターに、白い歯を見せて笑いかけ、ジェフは言った。話す方は得意でないが、ジェフは若干の日本語は理解できる。

〈スカイツリーには行かない〉

〈ＯＫ。じゃあ、またパパと闘うんだな〉

　妻を応援してくれる夫に不満はない。ただひとつ言わせてもらえば、もうひとつの問題に対して、のんびりしているのが気になる。

　ジェフは三週間前に失業したのに、本気で仕事を探していないようなのだ。日本語講師の弥生の収入だけでは、先細るのは目に見えているのに。

〈闘ってどうなるか。ごめんね、先が見えなくて〉

〈僕はかまわないよ。ヤヨイがどんな選択をしても。エリもジョーも、ママの判断に従うだけさ。だけど、ハンバーガーをリクエストしたのは大正解だった〉

〈ハンバーガーは、思い出の味だからね〉

　昨夜弥生は、なぜか無性にハンバーガーが食べたかった。新婚生活最初の味だから、というわけでもないだろうが。


〈Officiant の前で誓った後に食べたハンバーガー、おいしかったね〉

　弥生はつぶやく。あのとき、ハンバーガーはＵＳＡ（ステイツ）の味なのだと、しみじみと思った。

〈今結婚したばかりだって言ったら、店主がパテをトリプルにサービスしてくれたのがうれしかった〉

〈私は食べ切れなくて、困ったけど〉

　ジェフと弥生は同時に苦笑する。

　当時は両親に、ウェディングドレス姿を見せられなくても構わないと思った。実際ドレスを着ることもなく、新婚生活はスタートした。

　見れば、フライドポテトもオニオンリングも、皿にほとんど残っていなかった。弥生がぼんやりしている間に、三人が平らげてしまったらしい。残るはコールスローのみ。このあたり、マイファミリーはわかりやすい。

　仕方なく弥生は、コールスローを片づけた。ドクターとジェフは、片言の英語と日本語で、五大湖について話している。

「とてもおいしかったです、ドクター。父の病気で落ちこんでいた気持ちが、慰められました。家族も満足しています」

　食べ終え、弥生は礼を述べた。

「本場のファンキー・モンキー・ベイベーなアメリカン・ファミリーにそう言ってもらえると本望だね」

　ドクターは両腕を曲げて、身体(からだ)を揺らしておどけた。確かに彼からすると、うちはファンキーな一家に見えるだろう。

「本当は星を見せてあげようと思ったんだが、あいにく機械が故障中でね」

星を見せる機械？　もしかしてプラネタリウムでもあるのだろうか。まさかね。

弥生は深く追及せず、笑顔で首を振った。

「これで明るい顔でお父さんに会えそうかな」

「……そうですね。会えるといいのですが」

〈ママ、通訳して〉

ため息を吐いた弥生に、エリがせがんだ。

〈ママとグランパは仲直りできるかって聞かれたから、できるって応えたの〉

「ノー！　ママ　ヘイッ　ハー　ファーザー！」

叫ぶように言ったエリに、ドクターは目を丸くする。

「おやおや。君はお父さんのことが、そんなに憎いのかい」

ドクターは「クソジジイ」の件も合わせて、そう思ったのだろう。

「いいえ、そんなことはありません。決してそんなことはありませんが……」

「ふむ、なるほど。昨夜の暗い顔は、複雑な感情で作られていたというわけだ」

〈ママ、デザートはあるの？〉

「おっと、忘れていた。オーケー、オーケー。デザートね。ジャスト　ア　モーメント。チョコミントとストロベリーのアイスクリームを準備してある」

遠慮がちにたずねたジョーに、ドクターはすっくと立ち上がった。もう少しドクターと話したかった弥生だが、引き留めるわけにはいかなかった。

弥生の父親・京河昭夫は、埼玉県上尾市に十五代続いた旧家の長男である。昭夫の子供は弥生と二歳下の妹・敏江だけなので、弥生は配偶者を養子に迎え、家を継ぐように言われて育った。

昭夫は普通の会社員だったが、厳格かつ古風な性質で、子供のしつけに厳しかった。マイペースな敏江が二十二歳でデキ婚したあとは、弥生への父の期待はより大きくなった。進学先の指定や厳しい門限を受け入れ、家を継ぐ覚悟をしていた弥生だったが、ジェフリーとの出会いが運命を変えた。

ジェフとは、通訳をしていた友人に誘われた都内のパーティーで出会った。弥生二十六歳、ジェフ二十四歳のときだ。

相手の言動をすべて好意的に受け取る楽天的なアメリカ人に、弥生は魅かれた。話すたびに自分を縛りつけていた、見えないロープがほどけていくようだった。

家を継がないことはもちろん、昭夫は外国人との結婚を許さなかった。

ジェフの肌の色を嫌い、大学も行ってないと軽蔑し、仕事を辞めてバックパッカーをするなど、ろくな者ではないと決めつけた。それでも一緒になると言った弥生に、「私の前に二度と顔を見せるな」と、父は冷たく告げた。

ジェフは昭夫に会えないことを怒りもせず、悲しいとも言わず、〈もし誰(だれ)かに軽蔑されたとしても、それが自分の真の価値ではない。真の価値は自分が決める〉と語った。

この人と生きて行く。あんな親はいらない。弥生はジェフと手に手を取り、アメリカへ渡った。

彼(か)の地での結婚、就職、妊娠、出産と、あっという間に十二年が過ぎた。

仕事と双子の育児に忙殺され、過去を振り返る暇などなかった。ジェフの子育てはテキトーだったが、生真面目な弥生とのバランスが、うまく取れていた気もする。

子供たちは十一歳になった。小学校(エレメンタリー・スクール)も終わり、やっと一息吐けると思った矢先、ジェフが失業し、父の病状悪化を知らせる連絡が日本から届いたのだった。

キッチン花を出て、ジェフと子供たちを見送り、弥生は昭夫が入院しているA13病棟へと足を向けた。足取りは重い。

このまま父に、家族を会わせなくてもいいのではないか。お互い嫌な思いをしないよう、波風立てずに、この世での父子関係を静かに終えれば。そう思うことがある。

しかし弥生の頭には、終末期の関(かか)わりについての、ある心理学の研究がこびりついていた。

仲の「良かった」夫婦と、「悪かった」夫婦では、それぞれの配偶者の死後、どちらの妻（または夫）の方が、つらさを訴えやすいかを調べたものだ。結果は意外なことに、仲が悪かったと答えた夫婦の方が、配偶者を亡くしたつらさを、より多く訴えていたのである。

仲の良かった夫婦は、生前十分に相手と心を通わせ、手厚い介護を行うので、達成感を持ちやすく、後悔が少ない。仲が悪かった夫婦は、相手にやさしい言葉もかけず、介護も思いやりが欠けがちになるので、死後の後悔につながりやすいのだろうと、研究では分析されていた。

仲良し夫婦の方がつらいに違いないと予想した弥生は、驚いた。その研究対象は夫婦だったが、同じことが親子にもいえるのではないか。元は他人の夫婦でもそうなのだ。親子ならなおさら後悔するかもしれない。

父の病状悪化の報に触れ、仲違(なかたが)いしたままではいけないと、弥生は思った。ジェフと子供たちを、昭夫に会わせる必要がある。

しかし今のままの昭夫と、家族は会わせられない。昭夫が差別的な暴言を吐き、家族を傷つけるかもしれないからだ。

父に変わってもらわねば。弥生は父を改心させるべく、闘うために、面会に臨むのだ。

A13病棟に着くと、事前に連絡を取っていた妹と、先に面会室で落ち合った。

「どう？　久しぶりの日本の夏は？」

外からやって来たばかりの敏江は、額の汗をハンドタオルで拭(ぬぐ)った。

「蒸すわね。ペトスキーの夏も暑いけど、風が吹くから、まだマシかな。それより建物の中のクーラーが弱くてツラい」

何年かぶりにリアルに会う敏江は、若いころと同様、skinnyだ。子供を三人も産んだとは思えない。顔はスカイプでたまに見ているが、全身を目の当たりにすると、うらやましくなる。

姉妹は面会室の窓側の席に座った。窓から見える八月の空は晴れ渡っている。これなら、スカイツリーの展望台からも景色がよく見えるだろう。

「それでお姉ちゃんたち、どこに泊まってるの？」

「谷中(やなか)の安旅館。きれいで機能的よ。ここまで歩いて二十分くらいかな」

「狭いでしょ？　上尾に泊まればいいのに。タダだし、広いし」

「やだ。私たちが泊まってるって、お母さん、お父さんに言っちゃいそうだもん。クーラーも古くて、効くかどうか不安だし」

「そっか。お母さん、つい口を滑らせる可能性、あるもんね」敏江はうなずいてくれる。

「お母さん、元気？」

「ちょっと疲れてる。お父さん、身体がしんどくなった分、余計にうるさくなったから」

「上尾から来るだけで、ひと仕事だもんね。敏江は毎日、病院に来てるの？」

「ううん。三日か四日に一度。そんなに暇じゃないからさ」

敏江は立ち上がった。自販機に近づき、冷えた缶コーヒーを二本買っている。

「はい。当然、ノンシュガー・ノンミルクでしょ」

妹の嫌味に肩をそびやかし、缶を開けた。弥生の体重は、結婚して十キロ近く増えている。

薄く冷たいコーヒーをひと口飲み、弥生は父の病状へと話題を変えた。

「あと一か月か半年かは、判断が難しいって言われたわ。実際会ってみたら、結構元気そうだったから、今でも信じられないけど」

弥生は正直な感想を吐露する。当然父は老けていたが、特に痩(や)せもせず、声にもハリがあり、まだまだ大丈夫な気がしたのだ。

「食欲は落ちてないけど、胸の水、定期的に抜いてるの。肺がん闘病五年と四か月。よくがんばったと思うよ」

敏江はさばさばと語る。妹はものごとに拘泥(こうでい)しないタイプだが、この五年四か月の間に、それなりに父と心を通わせたのかもしれない。デキ婚前後は、昭夫とかなり険悪なムードだったが、孫が生まれて全部チャラになった。

「お父さん、死ぬ覚悟は完璧にできてるみたい」

過去の自分に間違いはなく、人生を終えようとしている今、後悔の欠片(かけら)もない。父はそう思っているのだろう。

「遺言状もバッチリ。蔵の所蔵物の目録も完成、将来残すべき品と売却可能な品も記載済み。うちのお嬢さんたちはこの間、『勉強とスポーツに励み、家族を大切にし、節度のある行動をしなさい』って、言われたって」

敏江の娘たちは、それぞれ十七、十五、十三歳である。

「お母さんには毎日細かく、言い残してるらしいの。私も娘をひとり京河家に養子に出せって、また言われたわ」

「なんて応えたの？」

「考えときますって。そんな気、さらさらないけどね。娘には娘の人生があるからさ」

「残された者の気持ちを考えないのが、遺言だからね」

「遺言じゃなくて説教だよ、あれは」

昭夫は会社でも家庭でも、説教しかしなかった。常に上から目線。人と協調せず、人に迎合せず、人を助けもせずの人生だった。だから、地方とはいえ国立大を出ているのに、思ったほど出世ができなかったのだ。

「あ。来た」

敏江の声に顔を上げると、母の華子（はなこ）が面会室の前を、背中を丸めて歩いていた。

「お母さん」

声をかけた弥生に、一瞬ハッとした様子の華子だったが、すぐに表情を戻した。

「あなた、肥え過ぎよ。テレビ電話で見るより、ひどい」

いきなりカウンターパンチを食らわせる母は、口だけは達者だ。けれど、スカイプではわからなかった老いに、弥生は胸を打たれる。

「お父さんに会ったの？」

母は淡々とした調子でたずねてきた。

「うん。午前中に会った」

「仲直りした？」

「まだ、そういう次元じゃないね」

「あなたが全部正直に話してしまえばいいのよ。そしたらお父さんだって」

「それは嫌。私がアメリカに行く前、お父さんに、なんて言われたか知ってるでしょ。『肌の黒い孫なんてゾッとする』って言われたんだよ」

あんなにひどい言葉はない。それをエリとジョーに浴びせたときのことを想像するだけで、気がおかしくなりそうだ。

「聞き流すように、お言いなさい。もうすぐ死ぬ人の言うことだから、許してやれって」

「は？　なに言ってるの、お母さん」

「あなたもお父さんに似て、頑固なんだから。土曜日にはアメリカに帰るんでしょ？　今度日本に来たときは、お父さん、お骨になってる」

母の感性も昔から独特だ。あの父と夫婦でいるには、こうでないとやっていけなかったのかもしれないが。弥生は敏江と視線を合わせて、苦笑した。

「それで、弥生の旦那さんは元気なの？」

「元気。今日はスカイツリーに出かけてる」

渡米する前に、華子はジェフと一度だけ会っている。当時の華子は、ジェフの肌の色に言及することはなかったが、夫の価値観に従って行動した。

「でも、どうしてお父さん、個室に入らなかったの？　あんなに神経質な人が、よく他人と同じ部屋で寝起きしてるね」

「お母さんも個室の方が都合がいいんだけど、本人が大部屋でいいって言うから、しょうがないのよ」

弥生の疑問に、母はため息混じりで応えた。

金銭面を気にしているのだろうか。でも京河家にとっては、そこまで負担にならない気がするけれど。

「お母さん、ついにエリとジョーに会いたいって、言わなかったなあ」

病室に向かう母の背を見ながら、もうひとつの疑問をつぶやいた。英語が話せないにしても、孫の顔くらい見たいと思わないのだろうか。

「口が軽いって自覚してるんじゃない？　やっぱり直に会うと、お父さんに言いたくなるし」

敏江は真顔で言った。妹もまた、甥と姪の存在を、父に打ち明けたくなることがあるのかもしれない。

弥生はエリとジョーのことを、父に知られないよう、母と妹に口止めしてきたのだった。エリとジョーが生まれたとき、弥生はふたりの天使を授かったと本気で思った。そしてこの天使たちを、命をかけて守ろうと誓った。

そのためには、子供たちの存在を父に知られてはいけないと考えた。「孫の肌は何色だ」と、父が考えると思うだけで、子供たちが穢されるような気がした。

妹には連絡を取り合ううち、自然に明かした。母には妹宅でのスカイプ中に、ふたりが偶然映ってバレた。それは仕方がない。でも父にだけは、知られたくなかった。

結局この日は、母と妹がいたせいで、ろくに話ができなかった。父は弥生と目を合わそうとしなかったし、弥生もそんな父の態度に閉口し、妹が帰るのと同時に、病院を出てしまったからだ。

翌火曜日、弥生は仕切り直しとばかりに、ひとりで病院を訪れた。

ジェフと子供たちは、朝からディズニーランドへ出かけている。まだ甘えん坊のジョーは、弥生と一緒に過ごしたがり、心が痛んだ。子供たちにも淋しい思いをさせているのだ。今日こそ父に、改心してもらわねば。

覚悟を決めて父の病室へ入った。

六人部屋に入院中の男性患者たちが、それぞれベッドで過ごしている。横たわっている人。立膝でテレビを観ている人。おおむね五十歳代から八十歳代と思しき男たちは、においもなく静かで、生気が感じられない。湖に半分沈んだ流木が思い出され、父はその仲間かと思うと、弥生は悲しくも気が急いた。

一番奥、窓際のベッドの昭夫は、ベッドにいなかった。

「京河さんなら、さっき看護師さんが検査に連れてったよ」

隣の患者が新聞から顔を上げて、おしえてくれた。一昨日の日曜日、眠っている昭夫のベッドに初めて訪れた弥生を、頭のてっぺんからつま先まで、ジロジロ眺めた老人だ。

「レントゲン。すぐに帰って来ると思うよ」

これは好都合だ。大部屋ではこみ入った話がしづらい。弥生はその患者・島田（ベッドにネームプレートがあった）に礼を言い、病室を出た。

十三階から一階までエレベーターで降りた。

外来診療や検査の順番待ちでごった返す廊下を抜け、放射線科にたどり着くと、弥生は受付に声をかけた。家族だと名乗ると、事務員らしき女性は、あっさりと昭夫が検査をしている部屋をおしえてくれた。

5番検査室の扉が見える付近に立つ。廊下の長椅子(ながいす)に、私服や寝間着姿の患者が何人も待機している。昭夫の姿は見えない。

ほどなくして、5番検査室の扉が開いた。

看護師の押す車椅子に乗せられた父が廊下へ姿を現すと、弥生は静かに近づいた。

「おはようございます。私、京河の長女でございます。いつも父がお世話になっております。レントゲンが終わったんですね。では私が、父を病室まで連れてまいります」

営業用スマイルを顔いっぱいにたたえ、弥生は半ば強引に、ナースから車椅子を奪うようにハンドルを取った。まだ二十代半ばかと思われる女性ナースは、面食らいながらもハンドルから手を離す。黒いストレートヘアをひっつめ、丸い頰が若さで盛り上がっている。

「どうぞ安心して、他のお仕事をなさってください。じゃあ、お父さん、ちょっと散歩してから帰りましょう」

看護師は昭夫の表情をうかがいながら、「では、お願いします」と遠ざかった。父は黙って前方をにらみつけているが、異を唱えない。体裁の悪い親子げんかなど、他人に見せたくないのだ。弥生は計画通りに、車椅子の操作権を得た。

「どこへ行くのか、聞かないのね」

当てもなく車椅子を進める弥生に、昭夫は無言だ。

「こうでもしないと、お父さんと話ができないから」

「そんな格好の人間と、話したくならないのは当然だ」

弥生は昨日と同様、ダメージ加工のウォッシュジーンズに、肩が露出したルーズな白いプリントTシャツを身に着けている。セミロングヘアも茶髪だし、耳には三つずつ、そして左の小鼻にもピアスがついている。

「洋服も身体も、穴だらけじゃないか」

「暑いから、風通しを良くしてるのよ」

このまま歩きながら、話すわけにはいくまい。どこに落ち着こうか。

ふと弥生の頭に、キッチン花が浮かんだ。しかし「開店日時不定。招待客だけが食事のできる特別なレストラン」だそうだから、いきなりは無理だろう。

弥生は昭夫に有無を言わせず、院内食堂（カフェテリア）に入った。

時刻は午前十一時前。まだ客の姿はまばらだ。しかしあと三十分もすれば、長テーブルの並んだホールは、ランチ客で混雑してくるだろう。

弥生は入り口からすぐの狭いスペース、観葉植物の陰に隠れた小さなテーブル席を選んだ。日当たりも悪く、外の景色も見えないので、積極的に着こうとする客は少ないとみた。

昭夫の車椅子をテーブルに落ち着かせ、アイスコーヒーをひとつカウンターで受け取ると、父と斜めに対するように座った。なにもいらないと言う昭夫の前には、水の入ったコップが置かれている。

「私、ジェフと結婚して十二年になるの。お父さんはまだ、彼のことをろくでもないアメリカ人だと思ってるの？」

「では、立派なアメリカ人になったのか？」

　昭夫の声は低いが、よく通る。

「……この間、中古車販売会社を解雇されたけど、それまでは立派に働いていたわ」

「立派に働いた男がクビになるのか」

「いろいろ事情があるのよ。本人に会いもしないで、そう判断するのは差別でしかない。彼の内面を見てほしいの」

「お前は私にそんな話がしたくて、日本に戻って来たのか」

「国際結婚をした上、家を継がなくて、怒っているのはわかるけど、もういい加減に、私を許したらどうなの」

「図々しい。許しを請いたい人間が、『もういい加減』などと、開いた口が塞がらない」

　昭夫は片手を軽く挙げ、うんざりした顔になった。

「私は自分の親に、人種差別者であってほしくないんです。このままジェフと会ったら、お父さんはまた、ジェフを傷つけてしまうでしょう。だからお父さんに認識を改めてほしいんです。肌の色も生まれる国も、自分では決められない。人権に関する意識は、世界中で以前よりも高まってます。日本にも大勢の外国人が暮らしてるし、今後もさらに増えてくる。時代は進んでる。だから『もういい加減』って言ったんです」

身をのり出した弥生に、昭夫は面白くなさそうな顔で、コップをつかんだ。しかしふと気が変わったかのように、テーブルに戻した。

「私もアメリカでたくさん差別されて、大きな悲しみを感じた。お父さんのしてることは、娘を悲しませた行為と同じなのよ」

「それは覚悟の上で、お前はアメリカに行ったんだろう」

「お父さん、自分が人種差別されたら、どう思うのよ」

「だから私は、外国になど行かない」

「ほんと、クソジジイ。ああ言えばこう言うところ、変わってないよね」

昭夫の屁理屈（へりくつ）に、弥生は心底あきれた。

「おや、夜空の君。こんなところで、けんかかい？」

親しげに話しかけられ、見上げると、テーブルの脇（わき）に、なんとドクター半下石が立っていた。

「今日は家族でディズニーランドに行くんじゃなかったのかい？」

父の前で、エリやジョーのことを口にされたらマズい。弥生は焦る。

「……そのつもりだったんですが、急遽（きゅうきょ）取り止（や）めました。お父さん、疲れたでしょう。さあ、病室に帰りましょう」

そそくさと立ち上がった弥生に、昭夫はなにも言わない。けんかと言われ、気まずくなったのだろう。

「あら、もうこんな時間。午後の治療に間に合わなくなっちゃう」

柔和な笑顔で、まだ話を続けようとするドクターと目を合わせないようにし、弥生は急いで車椅子のブレーキをはずした。

車椅子をぐいぐい押し進め、エレベーターホールでやっと立ち止まった。

「あの医者と知り合いなのか？」

意外なことに、昭夫は弥生に話しかけてきた。この病院に縁もゆかりもないはずなのに、おかしいと思ったのだろう。

「うん？　ああ、まあ、ちょっとね」

「ディズニーランドに行くつもりだったのか？」

「そう。敏江んちとね。夏休みだし、行ったことないし」

言い繕うように、弥生が応えたところで、ちょうどエレベーターのドアが開いてくれた。

昭夫を病室に送り届け、弥生はA13病棟の面会室に入った。窓辺の椅子に、脚を組んで腰かける。面会室には先客が二組いて、それぞれ向かい合って話をしていた。

さっきの口論を思い出すと、また怒りがふつふつと湧いてきた。

アメリカでがんばっている娘を、少しは案じたらどうなのか。差別されるのは当然みたいに言われ、怒りを通り越し、悲しみさえ覚える。

それにしても、あれだけ元気なら、そんなに早く逝くことはないのでは。医者は往々にして、余命を悲観的に告げるもの。あと三か月と言われた患者が、二十年生きたなんて話はザラにある。憎まれっ子、世にはばかる。急いで仲直りしなくても、大丈夫なのでは……。

「あんた、京河さんの娘さんでしょ」

背を丸めて弥生が窓の外を見ていると、突然年配の男性に話しかけられた。

昭夫のベッドの隣の島田だ。ひとつ先のテーブルで斜に構え、点滴棒に手をかけてこちらを見ている。他の面会者たちはいつの間にか引き上げたらしく、弥生と島田以外は、誰もいなくなっていた。

「……先ほどは、どうもありがとうございました」

自己紹介はしていないのに、風体から娘だと見当をつけたか。それとも、父が娘だと話したのだろうか。

「なにしに来たって言われたのに、車椅子押して、やさしいじゃない。お父さんと仲直りしたの？」

「……ええ、まあ」

「京河さん、疲れてたでしょ？　なにしろ、京河さんの向かいのベッドのヤツがひと晩中、咳したり、もの食ったりして、朝までうるさくて眠れなかったから」

「では、あなたも？」

「俺も昨夜はほとんど寝られなかったね。ほんと、あいつは迷惑だ」

　島田は湿った咳をしながら、自販機に近づいた。パジャマのポケットから小銭を取り出し、ゆっくりと投入口に入れている。

「まだ若いヤツでさ。夜中でもテレビ観たり、電気点けて荷物の整理したりするんだよね。文句言ったら、お互いさまだって開き直るし」

　大部屋のストレスは耳にしたことがあるが、一日で嫌気がさしそうだ。どうして父は、大部屋入院をよしとしているのだろう。

「そいつ、熱い紅茶が好きなんだけど、あ、ティーバッグのね。お湯を汲みに行けないの、足が悪くて。それを京河さん、手伝ってやることがあってさ」

　弥生は思わず耳を疑った。

「父が人に親切にするなんて、考えられません」

　適性を買われて、昭夫は長らくリストラも担当していたのだ。差別意識が強く、自分以外の人間の痛みがわからない、わかろうともしない人間なのに。

「ナースコールしても、なかなか来ないときがあるの。そんとき、『おーい。お茶』って、何回も言うの。コマーシャルみたいに。あんまりひどいと、替わりにコールしてやることもあるけど、京河さん、黙ってお湯を汲みに行ってやるんだよね。自分も調子よくないのに」

「父もなにか、やってもらってるから？」

「あいつは誰も、助けてなんかいないよ」

島田はかがんで、自販機の商品取り出し口からスポーツドリンクを手に取った。そして弥生に、脈絡もなくたずねてきた。

「そういうTシャツは、自分で破くの？」

「……いいえ。最初からこういうデザインで売ってるんです」

「へー。ボロ売って金儲けられて、いいねえ、その会社」

島田は弥生のダメージTシャツにケチをつけ、ゆっくりと去って行った。

その夜、谷中の旅館の布団の上で、弥生は悶々とした。島田の話が引っかかっていた。見返りもないのに、昭夫が同室者を助けるのはなぜだろう。父は人が変わったのか。わざわざ帰国した娘に、ひどい言葉を浴びせる昭夫と、同室の他人を助ける昭夫。どちらが本当の姿なのか。

とどのつまり、昭夫は弥生にだけは、やさしくしたくないのだろうか。母にも妹にも遺言しているのに、自分にだけなにも遺さずに、逝くつもりなのだろうか。

〈ママ。どうしたの？〉

歯磨きを終えたジョーが、布団の上でうつぶせている弥生に声をかけてきた。

〈……なんでもない〉

〈泣いてるの？〉

〈だーから、ママも悪魔になんか会わずに、一緒に来ればよかったのよ〉

弥生の隣の布団の上で、ミッキーのハンディファンの風を浴びながら、エリが大声で言った。エリのチリチリと硬い巻き毛が、細かく揺れている。

四人分の布団が敷かれた八畳の和室には、ミッキー形のバルーンや、広げっぱなしのトイ・ストーリーの傘、リロ&スティッチのクリアファイルやフェイスタオル、そして雑誌や衣類が散らばっている。そんなmessyルームの端っこで、壁にもたれてスマホをいじるジェフがいる。

〈もしかして、クソジジイのせい？〉

弥生の枕元に、子供特有の柔らかさでぺたんと座ったジョーはやさしい。

〈僕が仕返ししてあげようか？〉

〈意気地なしのジョーが、そんなことできるわけないじゃなーい〉

おずおずとしたジョーのセリフを、エリが一蹴(いっしゅう)する。

〈ジョー……声がかすれてるね〉

一旦ふせた顔をまた横に向け、弥生は息子に笑いかけた。

〈この暑いのに、ジョーったら風邪ひいたんだ〉

エリが腕を伸ばして、ハンディファンの風をジョーのおでこに当てると、しなやかな前髪が、ふわふわとゆれた。

〈違う。声変わりするんだ。たぶん〉

〈え、そうなのかな?〉

弥生の言葉に、ジョーは恥ずかしそうにした。乱れた前髪を、指でしきりに直している。

〈やだあ。ジョーの声が低くなるなんて、気持ち悪ーい〉

エリが弟を茶化しつつも、寂しそうな目になった。その目は、自分が初潮を迎えたときと、同じものだ。

〈大人に近づいたな、ジョー。……Oh、ハニー! アトランタで自動車販売営業を募集してる! 一緒に通勤できるぞ! ガソリン代が浮く!〉

〈……無事採用されて、出退勤時間が合えばね〉

ジョーをほめたときよりうれしそうなジェフに、弥生はあきれると同時に、癒(いや)された。

幸せだ。マイファミリーは着実に成長している。

子供のころは、自分がこんなにいい家族を持てるとは思わなかった。必ず養子に来てくれる人を探し、妥協して結婚しなければいけないと思っていた。

弥生は今の自分の生活を、どこか不思議に思うとともに、なにげない会話に感謝した。

〈……ヤヨイ。どこへ行く?〉

暗い畳の上でジーンズをはいていたら、隣の布団で寝ていたジェフに声をかけられた。

ジェフの向こう側では、双子がひどい寝相で眠っている。

〈ごめん。起こした?〉

〈……いや、まだ時差ボケが続いてるのか、眠りが浅かった〉

〈やっぱり、畳の上はダメ?〉

〈まさか。僕は慣れてる〉

ジェフはアウトドア派なので、子供たちともども、テントの中でシュラフに包まれて眠ることは多いのだ。

〈眠れないから、ちょっと散歩して来る〉

支度を整えた弥生は、入り口の引き戸を薄く開けて灯り(あか)を取り、ウエストポーチに財布、ジーンズのバックポケットにスマホをすべりこませた。

〈寝る前に泣いてたのと、関係ある?〉

〈……たぶんね〉

一瞬薄目を開けた夫に、弥生は苦笑する。

〈闘いに行くのはいいけど、こんな時間は危ないよ。それに一度出たら、入れない〉

夜中の二時半を過ぎている。門限時間に旅館の玄関は施錠され、スタッフもいなくなる。以降、外へは出られるが、内には入れないオートロックシステムだ。

〈大丈夫。寝顔だけ見て帰って来る。この辺は治安も悪くないし。スタッフは四時半に朝食の支度に来るって言ってたから、チャイム鳴らせば、開けてもらえるよ〉

〈そうかい？……くれぐれも気をつけて〉

ジェフの頬に軽くキスをし、熟睡中の双子を眺めてから、弥生はそっと引き戸を閉めた。

外は思ったより涼しかった。ジェフにああ言ったものの、一応露出度を抑え、袖が長めの黒い普通のTシャツに、普通のジーンズをはいたのが、ちょうどよかった。

無人のよみせ通りをゆっくりと歩く。電気が煌々と点いている。ミシガン州の田舎町の同じ時間と比べると、段違いに明るい。

空に目を凝らしてみる。ビルとビルの間に、かろうじて一等星が見える。

交通量が少ないといっても、不忍通りの真ん中は危なくて歩けない。いわゆる繁華街じゃないので、誰とも会うまいと思ったが、若い男性や年配の女性とすれ違った。

コンビニのまぶしさにときどき目を細めながら、見通しのいい大通りを進み、動坂(どうざか)を登って、星空病院にたどり着いた。

十三階のエレベーターホールの窓から外を眺めると、ちょっと控えめな、けれど美しい宝石箱のような夜景が見えた。遠くに小さく東京タワーが光っている。

弥生はナースステーションには声をかけず、忍び足で廊下を進んだ。もし見つかったら、適当な言い訳で逃れるつもりだが、面倒なので、見つからないに越したことはない。

幸いナースに見つかることなく、昭夫の病室に行けた。

大部屋の入り口のドアは開け放しだ。入ってすぐの足元付近に、クロムイエローの常夜灯が小さく灯(とも)っている。すべてのベッドのカーテンが閉められており、誰かのいびきが聞こえた。どこもあまり冷房は効いておらず、汗がにじむ。

足音を立てないようにして病室に入り、一番奥のカーテンの脇からそっとうかがうと、ベッドはもぬけの殻だった。

トイレにでも行ったのだろうか。

病室から廊下に目だけ出し、弥生が左右を見渡すと、廊下を歩いて来る昭夫を見つけた。

両手でなにか、白い器のようなものを大事そうに掲げている。そろり、そろりと、しんどいのか、かなりゆっくりした足どりだ。

ヤバい。戻って来る。

弥生はとっさに、病室真ん中、島田のベッドのカーテンの中に身を隠した。顔は見えないが、いびきは島田のもののようだ。音を立てないよう、弥生はその場にうずくまる。

ようやく昭夫が病室に戻って来た。自分の向かいのベッドに行ったのが、カーテンの裾から見える。昭夫がこしょこしょとなにかささやくと、その患者はベッドライトを、ぱちんと点けた。

昭夫が自分のベッドに戻り、身体を横たえた。ふーっと鼻から息を吐いて、疲れたようにブランケットをかぶっている。弥生はしゃがんだまま、息を殺し続ける。

どうしよう。

昭夫が眠りに落ちるまでは動きづらい。もう父の姿は確認できたし、はいつくばって、病室から出て行こうか。

そのとき弥生は、強烈なにおいを感じた。

続いて、派手な音。

ずるっ。ずるるるっ。ずずずーーっ。

USAではけっして耳にすることのない、しかし日本ではなじみ深い、麺をすする音とともに、インスタントヌードルのにおいが漂ってきたのだ。

あの患者はこんな時間に、カップラーメンを食べている。ひとりベッドに座り、侘しい白熱灯の下で。

ずぞぞぞっ。……ずずぞぞぞーっ。はぁ～。ふっふっ。ずずずっ……。

ラーメンを勢いよく食べる音が、病室に響いている。ラーメンスープのいいにおいが、弥生の鼻腔を刺激する。ごま油の香りもする。

それにしても、なんておいしそうに食べるんだろう。

弥生はその場にしゃがんだまま、想像した。

縮れた細い麵の束。からむ熱いとんこつスープ。上にぺらりと横たわったチャーシュー。パラパラと浮かんだねぎ。あちこちに、丸くまとまったごま油。

その患者はしょぼくれた風貌からは想像できないほど、ラーメンを勢いよく口の中へ吸い上げている。ラーメンの感触が脳だけでなく、唇でも弥生は想像できた。

洟をすする音も、ときどき吐き出される息づかいも、生命の息吹そのものだ。

あの患者は、けっして枯れ木なんかじゃない。立派に生きている。これからも生きようとしている。そして彼が生きることを助けているのは、他でもない父だ。

あの患者は韓国の人だ。ベッドについた名前ですぐにわかった。昔からことあるごとに、日本以外のアジア人の悪口を言っていた父が、あの人を助けている。

「あいつはね」

突然左耳に、ささやきと生温かい息を感じた。

びくっとして口を押さえ、弥生はおそるおそる声のした方へと首を回す。

島田の顔があった。

いつの間にか起き上がり、足を垂らして腰をかがめ、弥生に顔を近づけていたのだ。

「今日手術だから、ラーメン、食べ納め。手術のあとはのどに穴が開いて、すーって、ラーメンすすれなくなるんだって」

カーテン越しの白熱灯に、ニヤニヤ顔を浮かび上がらせる島田に、うんうんうんと何度もうなずいて、弥生はカーテンの下から逃げるようにはい出た。

汗が額や首筋を伝っている。

廊下に出て、四つんばいから、二足歩行をし始めたところで、夜勤のナースに見つかった。

「父に急いで渡したいものがあった」とごまかし、弥生は病棟から小走りで去った。

両脇になにか道具を抱えていたナースは、忙しかったのだろう、弥生を見定めるようにしながらも、深く追及することなく、無罪放免にしてくれた。

テニスコートに着いたときは、夜が白々と明け始めていた。早起きのツクツクボウシが、弱々しい鳴き声を披露している。朝の冷んやりした空気の中で、弥生は大きく伸びをする。

「おお。夜空の君じゃないか。おはよう。今朝はずいぶんと早いねえ」

見れば、またドクター半下石だ。白いTシャツにクリーム色の膝丈(ひざたけ)ズボン、白いソックスと、夏の老人リゾートファッションに身を包んでいる。

「おはようございます。ドクターこそ、早いですね」

弥生は慌てて涙を手で拭い、笑顔を作った。

「朝の散歩だよ。この季節、朝が一番気持ちがいいからね」

ドクター半下石はややむくみの残った顔で、両肘(ひじ)を左右真横に向け、ぐっぐっと外側にはってみせた。

「星の見える時間が終わったねえ」

薄雲が散らばる西の空には、やや丸みの欠けた、白い月が浮かんでいた。

「ほんと、長くて暗い、星の見えない夜でした」

「なにを言ってる。夏の夜は短いよ、君」

「いえ、私の住んでるところはカナダとの国境に近いので、夏はすごく短いんです」

「ああ、だからこの間、夜が暗いと言ったのか」

数日前、夜の九時ごろに初めて会ったときのつぶやきを、ドクターは憶(おぼ)えてくれていた。

「日暮れが九時半ごろだから、十時を過ぎないと、星は見えないんです」

「ふむふむ」

「でも陽(ひ)が沈めば、たくさん見えます。田舎だから」

「山手線の内側は、ひと晩中灯りが絶えないから、たくさん星を見るのは難しい」

「私、星を見ながら、向こうで歩いてるんです」

「北極星で方角を知る、か。君はあちらの草原でハンターをしてるの？」

「……じゃないです。アメリカでつらいことがあったとき、星座を見て、日本と同じだなと思って、がんばってきたんです。私、実家が上尾なんで、星がよく見えたから」

　上尾市とて二十二万以上の人口を抱える立派な地方都市である。住人一万人に満たないペトスキーとはわけが違うが、それでも原っぱで夜空を見上げると、無数の瞬く星が一面に散らばっていた。

「星が見たいなあ」

　弥生は言った。今こそ、満天の星が見たい気がした。

「夜明けがうれしいのに、星が見たいなんて、変ですね、私」

　ふふっと自嘲気味に笑った弥生に、ドクター半下石は、「よし。私に任せたまえ」と、ガラ携をポケットから取り出して、どこかへ電話をかけ始めた。

「ああ、綿さん。おはよう。起きてたかい？」

　こんな早朝に非常識な、と驚いていると、相手はキッチン花のアシスタントだった。

「あのねえ、悪いんだけど、今すぐ病院に来てくれないかな？　……ん？　違うよ。買い出しじゃない。ファーム自由な丘はまだ開いてないだろ。……うん。あのね、プラネタリウムをやりたいんだ。……そうそう。大丈夫、投影機は昨日直って返ってきた。……ここにどうしても観たいっていうクランケがいてね。動かしてほしいんだよー。悪いねえー。……うん……うん、そうだ。よろしく頼む」

朝っぱらから強気なドクターに逆らえないのか、それともほかに理由があるのかわからないが、綿さんはすぐに病院に来てくれるらしい。

「あの、大丈夫ですか?」

「大丈夫。彼は近所に住んでいるんだ。さあ、来たまえ」

弥生はキッチン花のある、別館の三階に連れて行かれた。

三階は四階と似た構造だが、幅広の廊下に、蛇口が三つ並んだ長い洗面台があった。ちょうどキッチン花の真下、旅館の宴会場のようなふた間続きの和室に、ドクターは靴を脱いで上がった。

ひと間十六畳はあるだろうか。手前の方はなんの変哲もない畳部屋だ。掃除はされているようで、締め切られていたのに、カビくささはない。ただ、奥の和室に、変わった趣向が凝らされていた。

部屋の中央に、小学生のときに見たことのある、いかめしいプラネタリウムの本体が置かれていた。黒い球体が、縦にふたつ連なったような投影機だ。

部屋の天井を隠すように、ドーム型、まるで傘のような、真っ黒なスクリーンがつり下げられている。窓と壁には暗幕が引かれ、これから映画の上映が行われそうな雰囲気だった。

「クーラーを点けないといかんね」

ドクターは暗幕をめくり、窓の下に設置されているエアコンを二台とも作動させた。

「本当にあったんだ。プラネタリウム」

街中の最新の設備には程遠いが、それでも立派にプラネタリウムである。

「おお、綿さん。ごくろうさん」

改造された奥の和室を見回しているうちに、早くも綿さんが現れた。水色のポロシャツに、グレーのコットンパンツ姿のおじさんは、疲れた様子で「おはようございます」と小さく言い、すぐに投影機のそばにかがんだ。

「あの、すみません。こんなに早くに仕事をしていただいて……」

まだ五時半にもなっていない。自分に責任はないと思うものの、弥生は小さくなって、頭を下げる。

「慣れてますから。もう起きていましたし」

綿さんは引きつった笑顔を一瞬だけ弥生に見せ、真顔で作業を始めた。

「夜空の君。この辺で見るといいよ」

人使いの荒いドクター半下石の指したところには、紫色の座布団が五枚重ねられていた。

「ここで仰向けになって、見上げてくれたまえ。座布団は好きに並べていいから」

言われた通りに座布団を三枚並べ、あとの二枚を背もたれにして、弥生は寝そべった。体育座りで観ようかと思ったが、顎が上がり過ぎて、すぐに首が疲れてしまった。

「では、星空旅行のはじまり、はじまり～」

昭和の紙芝居でも始めるように、ドクターは演技的な口調で言い、部屋の電気をすべて消した。

漆黒の闇が、弥生の周りに落ちた。と思ったら、黒い天蓋に無数の星がいっせいに散らばった。

――ようこそ、星座の旅へ――

CDの落ち着いた男声ナレーションが、それらしいBGMとともに、夏の星座について語り始めた。

白鳥座のデネブ。こと座のベガ。わし座のアルタイル。夏の大三角。

ベガとアルタイルは、織姫と彦星だ。シルク布を上から落としたように、天の川が美しく天空を縦断している。

さそり座の胴体真ん中の一等星は、アンタレス。

いて座が、あのプトレマイオスの設定した星座だとは、知らなかった。

星座が説明されるとき、星はきらりと強調される。

空が回り出した。

夜の始まりから、明け方の位置まで、星座も少しずつ瞬きながら動いている。ミラーボールのような派手な反射でない、小さく控えめなきらめきたちは、まさに天空から降ってきそうだ。

弥生は星空に、悠久のときを想った。

人類が星空を愛で、勇気づけられ、生きてきた長い歴史。

先祖代々続いた、京河の家や土地を父が想うことと、たぶん同じなのだろう。

「……父に孫がいることを、私の子供たちの存在を、伝えていないんです。十一年間も黙ってました。絶対知られたくなくて。でも私は今、父に孫がいると伝えたい。私はこんなに素敵な子供たちを、神さまから授かったのだと知らせたい……」

気配はしないが、たぶん綿さんはそこにいるのだろう。ドクターが部屋の中にいるかの確証はないけれど。

「秘密を守ることに、母や妹も巻きこんでしまいました。今、それを明かせば、父は人生の最期に、私に、家族に、ずっと裏切られていたと、傷つくでしょう」

弥生は初めて、父の気持ちになれた。おそらく人生で初めてのことだ。

「孫がいることを、父に知らせる資格なんて、私にはありません……」

弥生が洟をすると、突然、ドクターの声が聞こえた。

「なあに、資格など関係ない。ただ心のままに、ふたを開けてみればいいのさ」

「……心のままに？」

「そう、心のままに。ふたは開けてみないと、わからない。大事なのは、ふたを開けてみようとする心だよ」

「ふたを……？」

降るような星空の下、ドクターのやさしい声が弥生の耳に響いていた。


スマホの着信音で目が覚めた。

天蓋にはなにも映っていない。投影機のライトも消え、見回しても、視界には誰も入ってこない。どうやらあのまま、眠ってしまったらしい。

発光しながらバイブレーションを繰り返すスマホを、畳の上からひろい上げる。

ジェフからの電話だ。時刻は十時十六分。

〈いったいどこにいるんだ⁉　ヤヨイ！　何度も電話したんだぞ！〉

応答と同時に、ジェフの怒鳴り声が耳にとびこんできた。

〈ごめんなさい、私、すっかり熟睡しちゃって……〉

〈エリとジョーがいなくなったんだ〉

〈なんですって⁉〉

暗闇ではね起きた。座布団から身体がはみ出ていたらしく、畳に押しつけていた左の肩や腰骨が痛い。強めのクーラーに、腕や足を思いっきり冷やされた。

〈病院に行ったんだろう。僕も寝坊してしまって、今、向かってるところなんだ〉

〈病院？　それは星空病院？　いったいどうして？〉

〈子供たち、夜中の僕たちの会話を聞いていたらしい。ママは夜中に病院に行ったまま、帰って来ない。クソジジイとママはまたけんかしてるって、仕返しを考えたに違いない〉

〈仕返しだなんて、どうしてわかるの？〉

〈旅館の厨房で、ふたりは業務用の大きなトマトケチャップを借りてったんだ。どうしてもグランパのために必要だと言ったらしい〉

弥生は即座に立ち上がり、暗幕と引き戸を開けて、和室から走り出た。

太陽の光に目の奥を刺激される。

ドクターと綿さんはどこにいるのかわからない。でも、探して礼を言ってる暇はない。いきなり「仕返し」なんてされたら、ふたを開ける前に、父の心のふたが閉ざされてしまう。

弥生は別館から出て、大勢の人の間を縫うように走り、エレベーターでA棟の十三階に昇った。

エレベーターのドアが開くと、年配の女性清掃員がクロスモップで床掃除をしていた。

「Excuse me. あ、すみません、ここで十一歳くらいの、褐色の肌の男の子と女の子を見ませんでしたか?」

　子供たちがいつ旅館を出たのか定かでないが、まだ病院に来ていない可能性はある。ふたりは父の名を知っているが、日本語が覚束ないゆえ、入院病棟まで、たずね当たれないかもしれない。

「褐色の肌?」

「はい。これくらいの男と女のきょうだいで、黒人と日本人のハーフなんです」

　弥生がふたりの背丈を手で示すと、メイクの上手な短髪の清掃員は、「さあ、そういう子たちは見なかったわね」と、早口で応えた。

「そうですか。どうもありがとう」

　礼を言って立ち去ろうとする弥生を、清掃員が呼び止めた。

「その鼻のピアス、穴を開けるとき、痛かった?」

「……ええ、まあ」

「あたしもね、昔やろうと思ったことがあったの。でもやめちゃった。勇気がなくて」

　やせぎすの清掃員はマットピンクの唇をニヤつかせて、「あなた、勇気あるわー。ほんと大事よね。勇気って」と、深くうなずき、またクロスモップを動かし始めた。

　弥生は奇妙な清掃員から、あとずさりするように離れた。

　とにかく昭夫の病室に行くしかない。そう思って廊下を歩いていると、向こうからエリとジョーがやって来るのが見えた。

〈エリ！　ジョー！〉

弥生は慌てて駆け寄った。双子も弥生の方に走って来る。

〈あなたたち、グランパのところへ行ったの？〉息せき切って、たずねた。

〈行ったよ〉エリが真顔で応えた。少しも悪びれていない。トビーのときと一緒だ。

〈グランパに、なにかした？〉

〈プレゼントを渡した〉

〈プレゼント？　それは嫌なプレゼント？〉弥生の顔から血の気が引いてゆく。

〈バルーンだよ。お見舞いはバルーンに決まってるでしょ〉

エリとジョーが同時に言った。そう言えば、ミッキー形の赤い風船が、プカプカと旅館の部屋に浮いていた。

〈……受け取ってくれたの？　クソジジイは〉

〈うん。黙って受け取ってくれたよ〉ジョーが応えた。

〈話したの？〉

〈話せるわけないでしょ。日本語できないのに〉エリが応えた。

〈他にしたことは？〉

〈それだけ〉

〈リベンジしなかったのね？〉

エリは抱えていた、新品の業務用ケチャップのふたが未開封であることを、黙って弥生に見せた。

〈しようと思ったけど、クソジジイは悪魔じゃなかった〉エリがつまらなそうに言った。

〈やさしく笑ってくれたよ〉ジョーがぽつりと言った。

〈笑った？　本当に？〉

〈だから僕たちも、笑って出て来ちゃったんだ〉

弥生は双子のきょうだいを、その場で力いっぱい抱きしめた。

十一年間の母の愚行を、子供たちが全部チャラにしてくれた。

箱のふたは自分で開けなくとも、自然と開くことがあるのだと、弥生は悟った。

翌木曜日、ガードナー夫妻と子供たちが、星空病院の正面玄関でタクシーを降りると、周囲の視線が一斉に集まった。

蒸し暑い熱気が、さらに視線を熱くする。いくぶん弱まったとはいえ、八月終わりの陽差しはスポットライトのように、まぶしく四人を照らしている。

〈ママ、みんなが見てる〉

〈ハリウッド女優になったと思いなさい〉

弥生に言われると、エリは急にすまして顎をつんと上げた。子供らしい赤と白の花模様の振袖は、漆黒カーリーヘアのエリにとても似合っている。

〈パパ、意外とイケてるね〉

〈ジョーが一番、サマになっているかもな〉

エリのほめ言葉に、ジェフは羽織袴を着た息子の頬を撫でた。ジョーは鼻の頭に汗を浮かべ、〈ハロウィーンの季節なら、よかったんだけどなあ〉と、恥ずかしそうにぼやく。

四人は病院の廊下を静々と歩いた。

歩き慣れない小股の弥生は足元が覚束ない。でも下を見ようとすると、角隠しが落っこちそうで、うつむけない。

エレベーターを待っていると、白衣の中年男性が興味深そうに話しかけてきた。

「結婚式の帰りですか？　それともこれから挙げるんですか？」

「これから挙げます」

「この病院で？」

「はい」

文金高島田で白無垢姿の弥生がしとやかに応える。男性は半信半疑の表情だ。

「ケッコンシキネ」

ジェフは汗まみれの顔で笑った。黒羽二重羽織袴の下の肌襦袢は、もう汗でぐっしょりと濡れていることだろう。

十三階で四人はエレベーターを降り、昭夫の病室に向かった。

「あれれ」

最初に驚きの声を上げたのは島田だった。他の患者はなにが起こったか理解できないといった顔で、口をポカンと開けている。

「お父さん」

さすがの昭夫も、突然和装婚礼衣装で現れた四人に、ド肝を抜かれたようだ。言葉も発せず、ただ弥生ファミリーをじっと見つめている。傍らにいる華子には事前に知らせておいたのに、鳩が豆鉄砲をくったかのような顔になっている。

「十二年前、私たちは結婚式が挙げられませんでした。だから急だけれど、今日、みなさんの前で挙式することにしました。お父さん、お母さん。これが私の大切な家族です。夫のジェフ。エリ。こっちがジョー。お父さんはもう、会ったから知ってるわね?」

昭夫のまぶたの力が緩んだ。穏やかな目で四人を順番に見ている。

言葉もかけずに、やさしい視線をよこす父。

本当は最初から、こうすればよかったのかもしれない。

何人ものナースたちがキャアキャア言いながら、病室の入り口に集まって来た。廊下からも男性ドクターが、病室を背伸びしてのぞいている。

「きれいです……」

髪をひっ詰めた、あの若いナースが丸い頬を両手ではさみ、うっとりと言った。

「ステキ過ぎます……」

夜中に忍びこんだとき、弥生に疑いの目を向けたナースも、祈るように指を組んでいた。

「七五三思い出すわー」「白無垢、イイじゃん」「男の子、カワイイ♡」

外野の声がこそばゆい。

誰かが力強い拍手をしてくれた。同室の患者たちも他のスタッフも、つられたように手を叩き始める。島田は立膝していない方の太腿を、片手でぱちぱちとやっていた。

患者たちの顔には、生気が宿っている。京河家の新しい門出に、少しは希望を感じてくれただろうか。

昨日手術に行ったまま、まだこの病室に戻っていないあの韓国の人には、あとで写真を見せてあげよう。

華子は涙を指で拭っている。エリとジョーは、うれしそうに顔を見合わせている。なによりジェフが、頬を上気させているのがうれしい。

「馬子にも衣装。破れた服着ないで、あんた、きもの着た方がいいよ」

島田がベッド柵に手をかけたまま、弥生に向かってニンマリする。

「……そんな色のピアスがあるのか」

アメリカにしか売っていない、ベージュ色の弥生の鼻ピアスを見て、父が言った。

〈僕、日本で仕事を探してもいいよ〉

弥生はジェフに驚くべきことを言われた。四人はみんなで山のような写メを撮ったあと、着替えに戻るために、またタクシーに乗っている。

〈どうして？　日本に住むつもり？〉

助手席の弥生は振り向いた。角隠しをはずしたので、頭がスースーする。

〈家を継がないといけないんだろ？〉

後部座席のジェフが、弥生の目を見て続ける。

〈ヤヨイがそうしたいのなら、僕は日本に住んでもいいよ〉

〈アトランタで働いて、一緒に通勤するんじゃなかったの？〉

まがり角でタクシーが大きく傾き、双子たちの身体が雪崩のように父親にかぶさる。

〈エリ、ジョー。日本に暮らすのを、どう思う？〉

双子の身体を受け止めながら、ジェフがたずねた。

〈ノー！　どうしてそんな話になるの？　私、ジャネットと離れたくない！〉

〈僕、日本語できないよ。そんなこと急に言わないで〉

子供たちはそれぞれに不満を口にした。ジェフは〈ママは責任を果たさないといけないんだ〉と、真顔で説明している。

　子供の学校のことなどを考えると、一家そろっての移住はハードルが高い。ジェフの仕事もすんなり見つかるかどうか。美しい田舎町、ペトスキーを離れるのもためらわれる。

〈みんなで食事をしようって言ってたの、あれ、キッチン花に頼もうか〉

　弥生は唐突に提案した。移住の件に関しては、また後日、だ。

〈イエス！　あのハンバーガー、食べたい〉

　エリが真っ先に賛意を示した。挙式のあとは披露宴だと、昭夫と華子、敏江ファミリーも呼んで、今夜は院内食堂に集まる約束をしたのだ。

「ハンバーガーもいいけど、ママはとんこつラーメンが食べたいなあ」

　車窓から不忍通りのラーメン屋を見て、弥生はつぶやく。ドクター半下石に、インスタントラーメンでいいからと言ったら、料理自慢の彼の怒りを買うだろうか。

第四話

トモダチ・チャンプルー

U字型の大人用歩行器に寄りかかり、右足を引きずりながら、秀太は星空病院A棟のエレベーターを三階で降りた。まっすぐ二階のリハビリ室へ行けばいいものを、売店に立ち寄り、チョココロネとコロッケパンと五〇〇ミリリットルのコーラを買う。リハビリ前の腹ごしらえだ。

売店の少し先、休憩スペースの椅子に苦労して腰かけた。パンの外袋を開けるため、巾着袋から左手用のハサミを取り出す。利き手の右手は動かないわけじゃないが、まだ細かな作業には向かない。

チョココロネの濃厚クリームを味わったあと、コロッケパンを口の中に押し入れた。軽い酸味のソースが浸みたコロッケの衣と塩味マッシュポテト、ほんのり甘いコッペパンを頬ばる。全部食べ終えると、舌についた油と脂を、強炭酸コーラで洗い流した。

ここなら誰にもとがめられない。一日一二〇〇キロカロリーに制限されている病院食のもの足りなさを、一週間前から秀太はこうして補っている。食べていれば、なにも考えずにすむ。自宅にいたときからの習性だ。おかげで、せっかく八十七キロから七十六キロになった体重は、今朝測ると七十八キロになっていた。でもいい。どうせ俺の人生、完全に終わったし。

　秀太は再び歩行器につかまり、左右の動きがつり合わない足で歩き出した。

　リハビリ室につながる廊下で、三台の車椅子がすれ違うのに右往左往していた。大人用歩行器は、車椅子より幅を取る。立ち止まり、通れるスペースが空くのを待っていると、突然目の前に男の子が現れた。

「はい、どうぞ」

　小学生だ。前歯の永久歯が目立つあどけない顔に、紺色のTシャツ・白い短パンから、ひょろりと小枝のような手脚がのびている。洋服にも青いランドセルにも土がついており、外で転げ回って遊んでいる様子が想像できた。

　少年は秀太の目の前に、巾着袋を差し出している。どうやら廊下に落としたものを拾ってくれたらしい。歩行器の高さ調節用ネジハンドルに引っかけていた紫色の巾着袋は、ずいぶん昔に母・桐子が綿布で手作りしたものだ。中にはハサミと煙草三本、ライター、小銭入れ、ハンドタオル、そして床頭台の貴重品金庫の鍵が入っている。

　秀太がネジハンドルを顎で指すと、少年は巾着袋をハンドルに引っかけた。

「ほめてください」とばかりの笑顔が、秀太に向けられる。小さく丸い目。丸い鼻。未来ある少年の表情はまぶしく、今朝窓から見た十月の太陽といい勝負だ。

自分とのギャップの大きさにいたたまれず、秀太は歩行器を押し出した。しかし、廊下の金属の継ぎ目に歩行器の車輪が引っかかり、一瞬まごついた。

「僕、引っぱってあげます！」

すかさず少年が、両手で歩行器の支柱をつかんで持ち上げた。秀太の腕は、歩行器のバーごと軽く押し上げられた。

「どこまで行くんですか？　困っていることがあったら、僕、お手伝いします。パパに『困っている人がいたら、助けてあげなさい』って言われたから」

おせっかいな申し出を無視し、秀太は先へと進んだ。

二歩進んで、少し振り向くと、少年がつまらなそうな目でこちらを見ていた。感謝されなかったのが不満らしい。子供のくせに、身体の不自由な人間を助けたと、優越感に浸りたいのだろうか。

「おいおい。君は助けてもらったのに、礼のひとつも言わないのかい？」

ギョッとした。

目の前に白衣姿の男性が、うしろ手にして立っていた。背の低い禿頭と細い目は、小学校のときの校長に似ていなくもない。胸の名札には「医師」とある。氏名は字数が多く、読むのが面倒だ。この医者、病棟の廊下で見たことがあるような、ないような……。

秀太は会釈だけして、立ち去ろうとした。しかし今度は、左足のスニーカーの底が廊下に引っかかった。

「靴の踵を踏むのは感心せんねえ」

じいさん先生は歩行器のバーをガシッととらえ、眉をひそめた。「リハビリ室に着いたら、ちゃんと履くつもりでした」と言いたいが、うまく声が出ない。

「僕が履かせてあげます！」

少年は突然、秀太の足元にしゃがみこんだ。履かせるって、靴を？　本当に？

「僕、履かせてあげます。だって毎日、お母さんの靴を履かせてあげてるから」

「立ったままでは、右足が挙げられんな」

さすがに医者だ。じいさん先生は瞬時に秀太の身体の状態を見抜き、通路を戻って、向こうの壁際に置かれた長椅子に座るよう、指図した。

秀太は素直に従う。ここは病院。医者に従わねば、なにをされるかわからない。

「はい。できました」

宣言した通り、少年は靴の履かせ方がうまかった。足首が硬くなった右足も、難なくスニーカーの中に納めてくれた。靴下のしわも引っぱり、履き心地も悪くない。その辺の下手な看護師より、よっぽど手際がいい。

「ありがとう」

じいさん先生を意識したのでなく、自然に礼の言葉が口から出た。いつも靴を履かせているということは、母親も障害があるのかもしれない。少年を見る目が、少し変わる。

「どういたしまして！」

「うむ。ちゃんと言えるじゃないか。感心感心。そして君も、実に手際がいい。大きくなったら、是非とも星空病院で働いてもらいたいね」

いいオトナが礼を言えたなど、本来なら嫌味に受け取るのかもしれないが、秀太はちょっとうれしくなった。長い間、他人からほめられたことがなかったからだ。気恥ずかしさに、思わず目を伏せる。

一方、得意げな表情だった少年は、すぐ残念そうに言った。

「僕、将来はパパみたいに沖縄(おきなわ)に住んで、ダイビング・インストラクターになるから、病院では働けません」

沖縄。秀太の心がピクリと動く。

「それは残念。お父上は沖縄在住かい」

「お父上じゃないです。パパです。パパは船の運転もできます。すごいでしょ」

「君は東京に住んでるの？　今日は誰かのお見舞いに来たのかな？」

じいさん先生は、少年にたずねた。

「今はママが入院してるから、おばあちゃんちに住んでます。でも毎日ママのお見舞いに来ます。六時間目がないときは二時二十九分のバスに乗って、二時四十五分に病院に着きます。六時間目まで学校にいると遅くなるから、ママが入院している間は早く帰るの」

「ほう」

「パパは沖縄に住んでて、いつでも遊びに来なさいと言います」

「沖縄。いいねえ。潮風。美しい海。青い空」

じいさん先生は遠い目をして続けた。

「美ら海(ちゅらうみ)水族館はすばらしいし、ひめゆりの塔には、一度は行くべきだ。そして、なんといっても沖縄料理。ゴーヤチャンプルーにソーキそば。最近はにんにくの利いたチキンの丸焼きが流行(はや)りらしい。おやつにサーターアンダーギーをかじりながら、国際通りをブラブラしたいね」

秀太の脳裏に昔見た、那覇(なは)市の風景がおぼろげに広がった。

「サーターアンダーギー、知ってる！　ママが作ってくれたことがあります」

はしゃいだ少年に、じいさん先生はこっくりとうなずき、言った。

「よし。今から君たちにサーターアンダーギーをごちそうしよう」

「やったあ！」

急になにを言い出すのか。少年は小躍りしているが、初対面の医者の思いもよらない誘いに、秀太は面食らう。余計なことに関(かか)わり、変な義務が生じては困る。

「君も来たまえ」

リハビリに行かなくては。だが、この偉そうな医者に従わないのも、マズい気はする。しかもさっき、ほめてもらったし。

「チョココロネとコロッケパンを食べたから、もう入らんかね？」

ギクリとした。ずっと見られていたのか。この医者はストーカーか？

「おじさん、サーターアンダーギー、おいしいですよ」

つぶらな瞳で少年は誘ってくる。ひとりで行くのは気が引けるのかもしれない。

妙なことになった。しかし、元々リハビリに気乗りしない秀太は、結局サーターアンダーギーへと歩行器を向けてしまった。


病院別館の「キッチン花」のドアには、Ａ4サイズの紙に太マジックで手書きされた、簡素な表札があった。

ワクワク感をあふれさせた大河内晴臣という九歳の少年と、四十六歳の上田秀太は自己紹介させられ、客席の円テーブルに並んで着いた。じいさん先生の方は名乗りもせずに、さっさと厨房へと消えた。

客席の壁際には植木鉢が並び、テーブルの上にも小さい花が二本、ガラスの花瓶に生けられている。陽光が床と天井に反射し、花瓶の水影を淡く映している。花は青くて地味だが、五角形に見える変わった花だ。

客船や西洋人形の油絵が飾られている。どれもあまり上手じゃないが、筆使いにぬくもりが感じられる。患者が描いたものだろうか。

入り口と大窓が開け放たれ、温室では白やピンクのコスモスが風に小さく揺れていた。暑くもなく寒くもない、今が一番いい季節、と世間ではいうのだろう。長いこと閉じこもっていた秀太にとって、久しぶりに味わう、まぶしい季節感だった。

「上田さんは、沖縄に行ったことはありますか？」

唐突な質問に、秀太がうなずくと、「えーいいなあ。僕、行ったことないです」と、晴臣はうらやましそうにつぶやいた。少年は父親の暮らす沖縄に憧れているらしい。聞けば晴臣という名は、父親の好きな音楽グループのメンバーからつけられたのだという。

「俺もＹＭＯが好きだった」

秀太は中高生のときによく聴いたテクノサウンドを、懐かしく思い浮かべた。流行った時期から少しあとだったと思うが、未来的・都会的に洗練されたその音楽に、当時は夢中になったものだ。思えばあのころは、将来の夢がたくさんにあった。

「パパ、細野晴臣さんは天才だって言ってました」

晴臣はニコニコして言った。

「聴いたことある？」

「うん。イエロー・マジック・オーケストラ」

「よかっただろう、ＹＭＯ」

「よくわかんなかった」

がくっときた。まだ年齢的に、あのサウンドを理解するのは難しいのかもしれない。

「沖縄って、冬でも暑いんでしょ？」

「暑くない。ダイビングするなら、ドライスーツを着ないとダメだ」

「上田さんはダイビングしたことありますか？」

「あるよ」

「何本、潜りましたか？」

「……いっぱい」

「百本くらい？」

「うん」

「パパよりずっと少ないです。パパは五千本よりもたくさん、潜ってるんです。面倒くさくて、もう数えてないんだって。だから二万は行ってるよ。パパはレイヤっていうんです」

「ああ、レイヤさんか」

「え？　パパのこと、知ってるの？」

「うん。俺は一緒に潜ったことがある」

秀太が沖縄に行ったのは、たった一度。それも二十三年も前の話だ。ダイビングも、社員旅行先で体験ダイビングをしただけだ。けれど、身をのり出した晴臣に興味を惹かれ、つい嘘をついてしまった。

「レイヤさんは上手だった。しゅーって、誰よりも速く潜ってた」

「本当？　パパは、速く潜ればいいってもんじゃないって言ってたけど」

「……ああ、あのときは急いでたから。レイヤさんのボンベは、あんまり減ってなかったよ。パカパカ息吸って、むやみに空気を使うのはへたくそなダイバーだ。でもレイヤさんのは一番残ってた」

「そうかあ。パパって、やっぱりすごいんだ」

相手は子供だ。それにもう二度と会うことはないだろう。

「お待たせしたね。サーターアンダーギーだよ」

そのとき、じいさん先生がやって来た。両手で白い大皿を持ち、背後に作業服を着た、六十がらみの男性を従えている。

「うむ。綿さん、ありがとう」

作業服の男が、秀太と晴臣の前に、グラスに入った山吹色の飲みものを置いた。

あのときの電話の相手は、この人だったのか。秀太らがキッチン花に行くと決まるや、

「材料を買って来てくれ」と、じいさん先生はこの綿さんに、携帯で命令していたのだ。フロアから去って行く気の弱そうな男性に、自分の過去を重ね、秀太は大いに同情した。

「いただきまーす」

白い大皿の上にこんもりと盛られたサーターアンダーギーを、少年はつかんだ。晴臣の興味は、パパからサーターアンダーギーに移ったようだ。秀太は少しホッとする。

ゴツゴツした丸い岩のような揚げ菓子に、晴臣は前歯を立てる。ひと口分減った菓子の断面から、茶色く縁取られた蒸しパンのような黄色がのぞいている。

二十三年ぶりに再会した沖縄の揚げ菓子に、秀太も左手をのばす。まだほのかに温(ぬく)みの残る揚げ菓子は、サラダ油と甘い小麦の、素朴な、そして懐かしいにおいがした。

晴臣は無言で、ひたすら口を動かしている。確かにうまい。油にとけた黒砂糖の香ばしさと、もそもそとした硬い食感に舌が刺激され、秀太は手が止められなくなる。ヤバい。さっき食ったばかりなのに。でもいいや。どうせ俺の人生、終わってるし。

沖縄地方の方言で、サーターは「砂糖」、アンダは「油」、アギは「揚げ」を意味する。サーターアンラギーとも呼ばれる揚げドーナツは、揚げて割れたときの表面が、笑う口を想起させるため、縁起のいい食べものらしい。ならば、食べないわけにはいかないだろう。

「おいしいかい?」

じいさん先生は満足そうに言い、秀太らと向かい合うように腰かけた。

「今日は諸般の都合でサーターアンダーギーだけだが、次回はゴーヤチャンプルーや、ソーキそばをごちそうしよう」

「おじさん、来てよかったですね」

晴臣はサーターアンダーギーのかけらを歯につけたまま、笑いかけてきた。

なにかイイコトあるのでは、と期待させられる笑顔だ。たぶんイイコトは、自分のところにはやって来ないだろうけど。俺の人生、病気でとどめを刺されたも同じだし。

頭の中ではさっきからずっと、ＹＭＯの「東風（トンプウ）」が流れている。この曲は北京（ペキン）交響楽団をイメージして作られたそうだ。そう言えば、秀太は子供のころ、中華料理店のコックに憧れたことがあった。

秀太は東風のサビの部分におされるように、サーターアンダーギーを五つたいらげ、マンゴージュースを飲んだ。

トロピカルフルーツの濃厚なジュースは、揚げスイーツのあとでも、酸味が気にならないくらいに甘い。それなのに、口の中をさっぱりともさせてくれる。

「お腹（なか）いっぱいになっちゃった」

サーターアンダーギーを三つ食べたところで、晴臣は恨めしそうに大皿を見つめた。たくさんあった揚げ菓子は、四つ残っている。もっと食べたいのに、胃袋がいっぱいになったことが悔しいのだろう。

たことが、なかったからだ。

うれしそうな晴臣の様子に、秀太は自分も礼を言われたくなった。長年人から感謝され

「ありがとうございます！」

じいさん先生は、ふたつずつビニール袋に入れ、晴臣と秀太に手渡してくれた。

「じゃあ残りは、おみやげだ」

「やったあ。ありがとうございます！　僕、毎日大事にしながら食べます」

自分の分を少年に差し出してやると、晴臣は宝ものでももらったように、両手で揚げ菓子を抱えた。エキゾチックなテクノサウンドが、少年の笑顔を印象づける。ただ、東風の作曲者は細野晴臣でなく、坂本龍一だった気がするが。

「今日はデザートだけだから、お代は二百円でいいよ」

少年のつるりとした頰に見とれていた秀太に、じいさん先生は世知辛いことを言った。

「晴臣君は財布を持っていないね。上田さん、君が晴臣君のぶんも払ってあげなさい」

そうしてじいさん先生は強制的に、貧しい秀太から四百円も分捕った。いい先生だと思

ったけれど、どうも少し違ったようだ。

「上田さん、ありがとうございました。困ったことがあったら、またお手伝いします！

先生、またサーターアンダーギーを作ってくださいね！」

晴臣はランドセルの中に、揚げ菓子の袋をしまった。予定外の出費に憮然としていた秀

太だが、少年のストレートな感謝の言葉に、まあいいかと思わされてしまった。

秀太が右半身マヒの身体になったのは、七月の頭のことだ。

その日、いつものように午後三時ごろに二階の自室で目覚めた秀太は、のろのろと階段を降りて台所に入った。母がパートへ行く前に準備していったその日の朝食は、豚のしょうが焼きとミートコロッケ、そして辛子明太子だった。

情報番組を観ながら食事を取る。食後はポテトチップスとコーラの二リットルペットボトルを片手に、刑事ドラマの再放送を観る。桐子が帰宅する午後六時ごろに二階へ戻り、テレビゲームに興じる。それが秀太のいつもの一日であり、その日の予定だった。

ところが、その日は初手から予定が狂った。

せっかくの食事を口にする前に、うすら寒い感覚を首の後ろに覚えた。右腕がしびれ、右足に力が入らないことを自覚したのは、台所の床に倒れこんだあとだった。叫んだけれど、聞こえたのは情けない自分のうめき声だけだった。

射撃されたトドのようにもがく息子を、たまたまパートから早く帰った母親が発見した。それまで二十二年間、夜のコンビニ以外は家から一歩も出なかった秀太は、救急車に乗せられ、お天道さまの照りつける外界へと、運び出されたのだった。

キッチン花を訪れた翌日の午後二時すぎ。いつも五時半ごろ病院にやって来る桐子が、早々に現れた。

「今日はね、仕事が早く終わってね」

野菜卸しの桐子のパート仕事は、暇になると帰宅を促される。もちろんその分、時給は削られるから、自ら手を挙げる者はいない。作業がのろいからだろう、このごろは最年長七十七歳の桐子が、早退させられることが多いようだ。

トクホのお茶のペットボトルを五本、桐子は笑顔で床頭台に並べて言った。

「先生ね、ちょっと退院、待ってくれるって。秀ちゃん、ひと安心だね」

主治医から転院か退院を勧められたが、どちらも嫌だと、桐子に伝えさせていた。

まだ歩行器なしでは歩けない。杖だけで段差だらけの、二階建の家に帰るのは心もとない。変な病院にも行きたくない。ようやく慣れた環境を変えるのは大いに不安だ。

完全な元の身体に戻るのは難しいだろうと言われ、リハビリに身は入らないが、せめてがんばっているフリをしないと、病院から追い出される。昨日は期せずして、リハビリをサボってしまったから、今日はヤル気を見せないといけない。

二十四歳で仕事を辞め、心を癒すためにボーっとしていたら、時間が過ぎていた。またイジメられたらどうしよう、傷つきたくないという気持ちが、仕事を遠ざけさせた。

どうするかは、明日考えよう。次の日も、また明日考えようと、先のばしにしているうちに、二十二年が経ってしまった。深い孤独も感じたし、七年前に父親が死んでからは、心を氷漬けにしないと、本当に腐ってしまいそうだった。

「好き好んで、引きこもっているんじゃない」。ことあるごとに、母に言い、母は息子を信じて、誰にも相談しなかった。

無言でベッド柵につかまり、秀太がベッドから起き上がろうとすると、桐子はかさついた手で息子の右腕をつかんで、助け起こした。

「どこ行くの？　大きい方？」

桐子がおずおずとたずねてくる。トイレに行くのが面倒なので、小さい方は尿器ですませているからだ。

「リハビリに決まってんだろ」

「ああ、そうだった。三時からリハビリだもんね。でもこんなに早く行くの？」

「うるさいなあ」

「……どうしたの？　秀ちゃん、今日はちょっと機嫌がいいね」

いつものように話しているつもりだが、どこかが違うらしい。今日も朝からＹＭＯの東風が、頭の中でぐるぐると鳴り響いている。宇宙飛行士になりたかったことも、思い出した。

「機嫌がいいのは、自分じゃねえか。なにニコニコしてんだよ」

母はいつもニコニコしているので、特段の変化は感じない。でも、はぐらかした。

「ふふ、わかる？　母さんねえ、最近新しい友だちができたの」

「はあ？　友だちぃ？　なに言ってんだ。小学生じゃあるまいし、気持ち悪い」

いつものように、母の言うことを切り捨てるが、声は小さい。自分だって、小さな晴臣に手助けすると言われ、同じような気分になっているのだ。

「ふふ、そうだね。母さん、気持ち悪いよねえ」

いつものように、桐子も秀太の言動を全肯定するが、声にはあきらめの色がない。うずくまって、息子に靴を履かせる母の声は、どこかはずんでいる。

「笑ってたら、いいことあるって。ほんと、そうだわねえ」

桐子はしみじみとつぶやいた。機嫌のいい秀太を喜んでいるのだろう。

「リハビリ、ついて行こうか」

「いい。それより、俺の部屋にあるポータブルＣＤプレイヤーと、ＣＤ、ＹＭＯのやつ、持って来いよ」

秀太は努めて乱暴に言い、踵を踏まずにスニーカーを履いて、歩行器につかまった。

「まあ、珍しい。学生のときみたいに、また音楽を聴くの？」

秀太は母には応（こた）えず、紫色の巾着袋をネジハンドルに引っかける。

右足の動きが、昨日と違うことに気がついた。少し前に出やすくなったようだ。

気持ちが違うと、こうも変わるものなのか。秀太は思いがけない身体の変化に戸惑いつつ、心もち早足で病室をあとにした。

腹ごしらえをすませ、リハビリ室に向かった。

二階の廊下の途中に立ち止まる。昨日晴臣と出会った場所だ。片思いの相手を待ち伏せする中学生のように、廊下の端に歩行器を寄せて待つ。東風を小さく鼻で歌う。二度と会わないつもりだったのに、自分から会いに来るなんて、我ながらどうかしている。

「来た」

晴臣の姿が見えると、秀太は巾着袋をわざと廊下に落として、歩き出した。

そのとき、予期せぬことが起こった。

「きゃ」

誰かの悲鳴と、床に水を撒く音は同時だった。前から歩いて来た白髪混じりの男が、秀太とすれ違いざま、手にしていたドリンク容器を落とし、中身を廊下にぶちまけたのだ。

秀太は思わず先を急いで、三歩先で振り返った。

床に濃いベージュ色の液体が広がっていく。丸く茶色いプツプツした球が大量に混じっている。ビスケットと半分溶けたバニラらしきアイスクリームがひしゃげている。

無残なドリンクの海のそばに、男は呆然と立っている。甘い香りの飲みものは、流行りのタピオカミルクティーらしい。やけに大きな透明プラスティックカップがカラカラと転がり、秀太の足元近くで動きを止めた。

見れば巾着袋は、ミルクティーの海の真ん中にたたずんでいた。こうしている間にも、綿布がミルクティーを吸い上げ、濃い紫色が、下からどんどん黒く染まってゆく。

他の人々とともに、大きな水たまりを見ていた晴臣は、ピュッと走っていなくなった。さすがにあの巾着袋は、拾えないだろう。

今度は「ライディーン」が脳内BGMとなった。ちょっとソリッドでアップテンポのメロディーが、秀太の焦りを駆り立てる。

「ちきしょう。せっかくアイスもトッピングしたのに……」

タピオカ男が恨めしそうにつぶやいた。病院に、しかもこんな人通りの多い場所に、密閉しないでデザート飲料を持ちこむとは。俺の大事なものを、どうしてくれる。

「さあ、どいた、どいた。ここはうちらの出番だよ」

そこに掃除のおばちゃんが、ずいっとやって来た。どうやら晴臣が探して呼んで来たらしい。なんて気の利く子供なんだ。

つけまつ毛がバサバサと音を立てそうなおばちゃん清掃員は、同僚男性にテキパキと指図しながら、床掃除を始めた。

「山田さん、やっちゃったの？」

看護師がやって来て、タピオカ男に声をかけた。山田と呼ばれた男は、失敗したーという表情を浮かべて「胃に急な差しこみがきちゃって」と、説明している。

巾着袋に気をとられていた秀太だったが、山田という名に、思わず男を凝視した。

図々しそうな鷲鼻。エラのはったあばた顔。

身体が硬直した。

やはりそうだ。二十二年分老けてはいるが、基本的人相は変わっていない。俺はこいつを知っている。

「いや、申し訳ありません。ホント、すみませんね」

山田はペコペコと謝りながら、清掃作業を見守っている。

「いいのよ。気にしないで。これがうちらの仕事なんだから」

「これ、誰のですか？」

男性清掃員が周囲に向かってたずねた。ゴム手袋で拾い上げられた巾着袋は、半分くらい濡れそぼり、紫と黒のツートンカラーになっていた。

「それは、この人のです！」

晴臣が秀太を指して、大声で言った。

おばちゃん清掃員は男性清掃員から巾着をやんわり奪うと、秀太の目の前に突きつけた。

ミルクティーのいいにおいが漂ってくる。

「自分で洗う？　それとも私が洗ったげようか？」

返事をできないでいると、「私が洗います」と、あろうことか、山田が近寄って来た。逃げなければ。山田から逃げなければ。

秀太の意識はタピオカ男に向けられたままだ。こいつが自分を二十二年間、家に閉じこめたようなものだからだ。

思わず左腕に力をこめた秀太に、「よかったですね。洗ってくれるって」と、晴臣が歩行器をつかんだ。

「洗わせてください。でないと私は一生罪の意識にさいなまれます。もし濡れてまずいものがあったら、弁償したいし」

一生の罪の意識。それならもっと過去の行為を反省し、罪を償ってくれ。

思わず山田を凝視したが、相手は秀太の正体に気づく気配すらない。

あのころより二十キロ以上太り、床屋行かずで伸び放題の髪を、ミュージシャンのように束ねているから、秀太を判別できないのも、無理はないかもしれないが。

「あなた、洗わせてやんなさい。その方がこの人の気持ちも治まるってもんよ」

廊下をピカピカに拭き終えたおばちゃん清掃員は、秀太に向かってにっこりとした。そして山田には、「なんなら、ハゲイシ頭にタピオカ、作り直してもらう？」と、意味不明なことをささやいた。

かくして秀太は、山田とトイレへ向かう羽目となった。一般用トイレは狭いので、「誰でもトイレ」に一緒に入る。自己紹介され、仕方なく秀太も姓だけ名乗る。中身をひとつ取り出し、洗面台で巾着袋を洗う山田を、秀太は見守った。なぜか晴臣も横にいる。

「これもちょっと汚れましたね。中のお金は、もちろん大丈夫だけれど」

残念なことに、ファスナータイプの黒いなめし革の小銭入れは、半分くらい濡れていた。

「煙草は……外が汚れただけだけど、新しいものを買ってきます。セブンスターか。これ、ガツンときてうまいよね。私も以前はこれだった。今はプルームテックだけど」

そういえば山田とは、当時会社の喫煙所で何度もバッティングした。

「ジッポ。アーマーか。私も使ってました。懐かしいなあ。真鍮(しんちゅう)だ。ちゃんと点火するか……よし。大丈夫」

外側を拭き終えたライターを、山田はいかにも使い慣れた手つきで、シャキン！と、点火してみせた。

「わあ、パパみたい！」

晴臣が歓声を上げると、山田は何度もライターの点火を繰り返した。液体石けんの香りがついた貴重品金庫の鍵とハサミを手に、秀太は鼻白む。当時流行ったくだらない手品を、こうして得意げに見せられた気がする。やはりこいつは変わっていない。

「へえ、パパもこんな風にやるのか」

山田は秀太と晴臣を交互に見比べた。どうやら晴臣の父親と勘違いされているようだ。しかし秀太は訂正しない。余計な会話をして、ヤブ蛇になっては困る。

「あ、ママ」

突然晴臣が、トイレの入り口に向かって言った。そこには、ピンクのネグリジェに上着を羽織った三十代くらいの女性と、彼女より少し年上と思われる、ショートカットの女性が立っていた。

「晴臣。こんなところでなにしてるの？　探してたのに」

セミロングヘアをうしろで束ねたネグリジェの女性は、驚いたようにたずねた。手にしている茶色い杖は、若い風貌に似つかわしくない。

「昨日、落としものを拾ってあげたって言ったでしょ」

昨日とさきほどのできごとを、晴臣は母親に話し始めた。山田はわざとらしく苦笑して、頭をかいている。リストバンドによると、母親は大河内豊美という名前らしい。

「だから、なかなか来なかったんだ。なにかあったかと思って、心配しちゃった」

「いやあ、本当にしっかりしたお子さんですね」

山田は豊美に向かって、愛想よく話す。目がパッチリして、どちらかというと美人に分類されるだろう豊美に、媚びをうっているように思えた。

「この子、余計なことしませんでしたか？　すみません。人助けとか言って、かえって迷惑をかけることも多いんです」

豊美は少し顔をしかめた。「そんなことないよー」と、晴臣は口を尖らせる。ショートカットの女性は晴臣の肩を軽く撫でており、三人の親しさが垣間見えた。

「まさか。そんなことはないです。本当に助かりましたよ。ねえ？　上田さん」

馴れ馴れしく、山田は名前つきで、秀太に同意を求めてきた。もしかして、俺のことを、やっと思い出したか？

山田は巾着袋とハンドタオルを、清掃員からもらったビニール袋に入れた。自宅で洗濯してくるらしい。余計なことを、そのまま返せと思うが、秀太は言えない。

男三人は誰でもトイレから出て、少し広くなっているスペースに、なんとなく集まった。女性ふたりも一緒だ。

「上田さんも、沖縄でダイビングしたことがあるんだって！」

晴臣が言うと、なぜか豊美は困ったように息子の頭を撫でた。晴臣はハッとしたように、口をつぐんでいる。

「上田さん？　あれ、この人は晴臣君のお父さんじゃないの？」

山田はあらためて顔をじっと見つめるが、なんの感慨も表さない。秀太の名前すら忘れてしまったのだろう。「いじめられた方は一生忘れず、いじめた方は憶えていない」の典型だ。虚しさ半分、正体がバレずに安堵半分といった心持ちで、秀太はうつむいた。

「じゃあ上田さん。タオルと布袋は洗って、明日にでも病室に届けます。何病棟に入院してるんですか？」

　秀太はリストバンドをつけた左手を、さっとズボンのポケットに隠した。九百四十四円がポケットの中で音を立てる。リストバンドには病棟名もプリントされている。

「病室まで持って行きます。遠慮しないでくださいよ。私が悪いんだから」

「……」

「何階ですか？」

「晴臣に渡して、晴臣が俺の病室に持って来て」と言いたいが、母親の前で子供に使いっ走りは頼めない。自分が持って行くと、晴臣が申し出てくれないだろうか。

「では、こうされてはどうですか？　明日ご都合のいい時間に、落ち合われては。やっぱり病室に来てもらうのは悪いと、上田さんもお感じなんじゃないでしょうか。ね？」

　秀太のためらいを見て取ったか、ショートカットの女性が口を開いた。

　なんて気の利く人だろう。秀太は色白の女性を、そっとうかがう。

　小さく細い鼻が印象的だ。小柄でほっそりとしたこの女と自分は、そんなに年は離れていないだろう。

「そうか、そうですよね。すみません。女房や娘にもよく言われるんです。空気が読めないって。じゃあ明日、病院のどこで待ち合わせましょうか？」

「ここにしようよ」

なかなか応えない秀太に業を煮やし、晴臣が口出しした。

「こら。上田さんのご都合もあるの。晴臣は黙ってなさい」

「でもわかりやすい方がいいですよね。ここでいかがですか？」

豊美は息子をたしなめたが、ショートカットは、また助け舟を出してくれた。

「わかりました。私は今、休職中だから、時間は何時でもいいですよ。実は胃けいれんに悩まされてましてね。痛みが始まると七転八倒で、仕事どころじゃないから、休ませてもらってるんです。仕事のし過ぎでしょうかね。食事もまともにできないから、少量でもカロリーが高いスイーツばっかり取ってるんです。……や、すみません。話がそれてしまった。待ち合わせは、何時がいいですか？」

腕時計を見ながら提案した山田に、秀太は「二時半」と、小さく告げた。

「明日ここに二時半集合です！　山田さん、遅刻しちゃだめだよ！」

なぜか晴臣がうれしそうに言った。なにか楽しい行事と勘違いしているようだ。

山田は「わかってるって」と、晴臣に笑顔で応じた。豊美が困り顔で、息子の頭を撫で小突く。続く豊美と晴臣のこしょこしょとした会話から、ショートカットは、関育子（せきいくこ）という名前だとわかった。

「すみません、差し出がましいことを言っちゃって」

山田と別れたあと、育子は秀太に謝ってきた。

「……いえ、言ってもらってよかったです」

ずっと黙っていた秀太だったが、声に出して伝えた。細やかな配慮がうれしかった。

「初対面の人に、病室まで来てほしくはないですよね。お気持ちわかります」

秀太の謝意に、育子はホッとしたように笑う。えくぼがかわいい。

「さよなら、上田さん」

「おじさん、また困ったことがあったら、お手伝いします！」

「ほんと、すみません、上田さん。ご迷惑だったら、はっきり言ってやってくださいね」

並んで去って行く三人を、秀太はふり返った。

心がほっこりとしていた。巾着袋や小銭入れが汚れ、山田と再会したのは痛恨の極みだったが、豊美と育子との出会いで帳消しになった。

あのふたりはこんな自分を、バカにしたような目で見なかった。それどころか、気遣い、思いやりすら示してくれた。病気で苦労している人は、他人の痛みがわかるのだろう。

いや、あの山田も年を取り、同じく病を得て丸くなったようだ。次に会ったとき、自分は元部下だとおしえてやったら、どんな顔をするだろう。なんて、そんなことを言える勇気があれば、今まで苦労はしなかったのだが。

耳の奥で再び、東風が流れ出す。そうだ。俺は船乗りに憧れたこともあったんだ。

三人はゆっくりと、遠ざかって行く。晴臣はとびはねるようにして歩んでいるが、豊美の足取りはのろく、太ってもいないのに左右に身体をゆすり、少し歩きづらそうだった。

翌日、二時過ぎに階下へ降りた秀太は驚いた。ランドセルを背負った晴臣が立っていたからだ。

「もう来たのか」

「上田さんに、お願いがあります」

子供からの頼まれごとなど、人生で初めてだ。この子は本当に人懐っこい。子供を「かわいい」と思う感覚が、秀太は少しわかった気がした。

「上田さん、また沖縄に行きますか？」

「行かないと思う」

ダイビングも空港も沖縄も、今の秀太からは遥かに遠い。もう嘘をつくつもりはない。

「絶対行かない？」

「行かなかったら、どうだって言うんだ？」

「沖縄に行くとき、僕も連れて行ってほしいんです」

ハッとした秀太に、「パパはもうこっちに来れないから」と、晴臣は続けた。

「どうして？」

「ママがそう言いました」

最初に沖縄に行きたいと聞いたとき、母親が病気で無理なら、父親が息子を迎えに来ればいいのにと思った。だがそれもダメらしい。もしかして、離婚でもしたのだろうか。

「じゃあ、今度行くとき、連れてってやるよ」

大河内家には複雑な事情がありそうだ。こんな身体の自分に依頼してくるなんて、よっぽどだ。秀太は晴臣がいじらしくなり、また嘘をついてしまった。

「本当？　絶対連れてってくださいね！」

ジーンときた。働きもせず、親の年金とパート収入で大メシを食らい、あげく脳梗塞(のうこうそく)で半身マヒとなった自分に、まだ生きていてもいいよと、言われた気がした。

連れて行くなど、百パーセント実現不可能。でもせめて、話くらいはしてやりたい。

「沖縄の海の中は、信じられないくらいきれいだぞ」

「マンタを見ましたか？　マンタの二本の角みたいなのは、本当は頭のヒレなんだよ」

晴臣は興奮気味に話す。おそらく父親から聞かされたのだろう。

大きな胸ビレをいっぱいにひろげ、悠然と海の中を進む、通称マンタ。巨大なエイに特化してつけられたその名の由来は、冗談ではなく「マント」からきているという。

「いなかった。俺の行ったのは本島だったから。マンタは石垣(いしがき)島まで行かないと、見られない」

　本島周辺の海にいるエイは、せいぜい五十センチくらいだが、世界最大のエイであるオニイトマキエイは全長五～六メートルもある。大きいものだと八～九メートル、重さはなんと三トンにもなるらしい。実はマンタには二種類あり、石垣島近海で確認されていたのは、ほとんどがナンヨウマンタだとわかったのは、比較的最近のことだ。

「石垣島にはクリーニングステーションがあるから、マンタがいる」

「クリーニングステーション？」

「マンタの身体についた虫を食べる、小魚がいる場所をそう呼ぶんだ。マンタは身体をきれいにしてほしくて、集まって来る」

「身体に虫がついてるの？　寄生虫？　マンタの身体に住んでるの？」

　興味深そうにたずねる晴臣に、調子に乗った秀太は、この話をしてやることにした。

「俺は魚の大群に囲まれたことがあるぞ」

　社員旅行の体験ダイビング前夜。上司や先輩にあおられ、秀太は泡盛を飲まされた。大して飲めない性質（たち）なので、すぐに自分の酒量を超えてしまった。翌日は二日酔いだったが、せっかくだからと、無理をして潜った。船酔いも手伝い、吐き気をもよおした秀太は、海中でレギュレーターを口から外し、音もなく胃の内容物をその場で撒き散らした。

「すごかったぞ。餌（えさ）がいっぱいあるって、ものすごい速さで、俺の周りを魚がぐるぐるるぐる、水族館みたいに泳ぎやがった」

秀太の身体を中心に、たくさんの魚が回遊した。予期せぬ魚影のトルネードに、気分が悪いのも忘れて、見入ってしまった。

「ウミガメは来なかったですか？」

うれしそうな顔で、晴臣は質問してきた。

「来なかった」

ウミガメどころか、インストラクターも同僚も、魚雷のように秀太の周りから素早く離れた。そしてその旅行のあとから、以前からパワハラ気味だった上司の指導が、イジメに変わったのだ。

ゲロ野郎。うすノロ。秀太がなにかする度に、上司は嫌味を言った。そしてできそうもない仕事を押しつけ、叱る口実とし、職場の笑いものにした。同僚たちもだんだん秀太から離れ、イジメに加担していった。

誰あろう、その上司こそが山田だ。秀太は山田のイジメで出社できなくなり、退職を余儀なくされ、ついには外に出られなくなってしまったのだった。

「マンタは食べに来ましたか？」

「だからいなかったって。石垣島じゃなかったんだから」

「あ、そうか」

「でも、来たらよかったなあ」

大きなヒレをゆっくりと上下させ、悠然と進む、海の貴婦人マンタ。優雅で自由だ。マリンブルーの海中を、遥か遠くどこまでも泳いで行く。右腕や右足の重さも気にならず、自分の呼吸の音しか聞こえない水の中――。

マンタのように泳ぎたい。一度でいいから。

あれ以来、秀太が海の中を泳ぎたいと思ったのは、初めてだった。

「バスが遅れてるのかな。バスじゃなくて、地下鉄かな」

三時になっても、山田は現れなかった。秀太はやきもきしながら、辺りを見回す。

ビニール袋をかぶせた傘を手にしている人が、ちらほらと通る。朝から空模様があやしかったが、とうとう降ってきたらしい。

そもそも山田は、どこに住んでいるのだろう。電話番号も住所も聞いておかなかったことを、秀太は悔やむ。とっくの昔に携帯電話を解約したので、思いつかなかった。

「約束、忘れちゃったのかなあ」

不満げにつぶやく晴臣だが、まさか昨日の今日で、忘れるなんてことはないだろう。

「俺はリハビリに行ってくる。晴臣君はここで待っててくれ」

「わかりました！　僕、待ってます！」

電車が事故で止まっているのかもしれない。秀太は三十分くらいで戻ると言い置き、とりあえずリハビリ室に向かった。

リハビリ室に来てくれることを期待したが、ふたりは顔を見せなかった。リハビリを終えて、待ち合わせ場所に戻ってみたが、やはり山田も晴臣もいなかった。行き違ったのかもしれないと、その場でさらに三十分ほど待ったけれど、ついに山田は現れなかった。

秀太はあきらめて、エレベーターホールに向かった。

自分のバカさ加減を嗤(わら)った。

愛着ある巾着袋がなくなってしまった。父親の形見の小銭入れも汚された。だいたい自分を二十二年間も家に閉じこめたヤツを、そろそろ許してやるかと考えたこと自体が間違っていた。許してしまったら、この二十二年間、苦しんだ自分がバカみたいだ。決して恨みを忘れてはいけないのだ。

晴臣も晴臣だ。三十分も待てないくせに、調子のいい返事をしやがって。あの愛くるしい笑顔に、つい浮かれた。他人をあてにするのは、間違いの元だ。俺の人生、とっくに終わってるのに。

病室へ帰ろうと、秀太は早足で歩行器を押し進めた。

しかしエレベーターに乗ったとたん、気が変わった。秀太は豊美の入院病棟へと行先を変える。関係のない場所に行くのはためらわれたが、やっぱり晴臣はどうしているかが気になった。

「あら」

八階でエレベーターを降りると、ちょうど豊美と出くわした。

「あの、晴臣君は？」

「私も今、下に探しにいくところなんです」

今までも三時半を過ぎたことはあったが、ちょっと遅いと、腰を上げたらしい。

「三時まで一緒でした」

「え？　待ち合わせ場所に晴臣もいたんですか？」

秀太がもごもご言うと、豊美の顔がさっと曇った。もう四時を回っている。母親のところでないなら、どこへ行ったというのだろう。

そのとき豊美の携帯電話が鳴った。ネグリジェの上に羽織ったパーカーのポケットからスマホを取り出し、豊美はその場で応答した。

「え！　本当⁉」

相手は自分の母親のようだったが、豊美は悲鳴のような声を上げた。向こうでエレベーターを待っていた男女が、なにごとかとこちらを見ている。

「……そう。わかった。……すぐに行ってみる」

一瞬動転したようだった豊美は、短い返事を何度かくり返して通話を終え、あらためて下行きのエレベーターのボタンを押した。

「晴臣が交通事故に遭ったようです」

「え!?」

「病院の前で車にぶつかって、そのままこの病院に運ばれたらしいんです」

震える声で、豊美は話した。

エレベーターに乗りこむふたりの足取りは、病人ゆえにたどたどしい。秀太はもちろん、昨日はわからなかったが、豊美の両足はゾウのように浮腫(むく)んでおり、前方へスムーズに出せないようだ。大男が履くような大きな靴を履き、膝(ひざ)も十分に曲がらない。歩く姿が力士のごとく左右に揺れていたのは、下半身が太いからだ。

そんな足で、杖をついて懸命に進む豊美のあとを、秀太は動揺しながら、歩行器を頼りに必死について行った。


救急外来の待合室に着くと、なんと山田が座っていた。

「大河内さん。あ、上田さんも」

山田は秀太らを見て、長椅子から立ち上がった。豊美は山田には目もくれず、ナースステーションに突進して行き、すぐにドアの向こう側に消えた。

「晴臣君は私の目の前で、車にひかれたんです。それで私が病院に抱いて運びました」

山田は思いがけないことを、秀太に聞かせた。

大きな傷のついた晴臣のランドセルが、長椅子の上に置いてある。山田自身もショックのためか、どこか呆然としており、雨に湿った髪は乱れ、よく見ると、黒い上着に血がついていた。

「晴臣君、待ち合わせ場所に、上田さんと一緒にいたの？」

「はい。途中まで」

秀太はうなずく。

「私が遅いから、外まで見に来たんでしょう。雨の中、バスを降りた私を見つけて、道路にとび出して来たんです」

ＪＲ田端（たばた）駅方面から星空病院前を通るバスは、道路の向こう側に停車する。終点が病院の便なら敷地内にバスが入るため、道路を渡らずにすむが、それではなかったのだろう。

やるせない気分で、空色のランドセルのふたを開けてみると、ぐちゃぐちゃに入っている教科書やノート、鉛筆などの間に、サーターアンダーギーのビニール袋が見えた。中身はふたつ。そのうちのひとつは、半分かじったあとがあった。

秀太は低くうめいた。

代わりに待ってろと、自分が言ったばっかりに。人助けをしろとの言いつけを、利用してしまった。二百円おごってもらった、おみやげを譲ってもらったと、恩義を感じたか。沖縄に連れて行ってもらいたかったからか。

すぐに母親のところへ行かせればよかった。なぜ自分は巾着袋なんかに、いや、山田に固執したのだろう。

「これを上田さんにあげようと思って、寄り道して遅刻したんです」

山田はそう言って、斜めがけしていたショルダーバッグから、赤い小さな紙包みを取り出した。ご丁寧にもブルーのリボンがかけられている。

「昨日の帰り、デパートで似た小銭入れを買ったんです。でも家を出る前に気がついた。上田さん、片手が不自由だって。チャックは使いづらい、がま口なら片手でも開けられる。それで心当たりのある店まで、遠回りしたんです」

山田は訥々（とつとつ）と語り、レジ袋の中に赤い紙包みを入れた。袋には、アイロンのかけられた巾着袋と乾いたハンドタオル、新品のセブンスターが入っている。

「これもあげるよ。どっちを使うかは、選んでください」

最後に山田は、最初に買った小銭入れだろう、群青色の小さな紙包みをレジ袋に追加して、秀太に手渡してくれた。

秀太の腰はへなへなと砕けた。山田は慌てて秀太の身体を支え、長椅子に座れるよう誘導までしてくれた。自分はこの男のことを、いったいどう考えればいいのだろう。

救急外来の奥からスーツ姿の警察官がひとり、待合室に現れた。山田は事情聴取の続きがあるようで、待合室の外へ連れ出されて行った。

ランドセルを横に、秀太が呆けていると、七十がらみと思しき年配の女性が、育子を伴って現れた。

「どうしてここに？」

年配の女性は豊美の母親らしく、すぐにナースステーションの奥に入ってしまった。育子は彼女について行かず、しばらく立ちすくんでいたが、やがて秀太の隣に腰かけ、悲痛な面持ちでランドセルの上に手を置いた。

「私、大河内さんと昔、同じ会社だったんです。それで仲良くなって、ときどきご自宅にもおじゃましてるんです」

メイクもせず顔面蒼白の育子は、秀太よりも老けて見える。だがそれが、かえって秀太を安心させた。

晴臣と山田を待ったこと、山田から聞いた事故の状況を合わせて、秀太は育子に説明した。長年他人とまともな会話をしていなかったのに、スラスラと言葉が出てきたのは、育子があまり幸せそうに見えないからか。それとも晴臣が、秀太に自信を持たせてくれたからだろうか。

「俺のせいです」

「誰のせいでもないです、こんなこと。でも強いて言えば、晴臣君のお父さんのせいかもしれません」

育子は妙なことを言い出した。

「晴臣君のお父さん、『困っている人がいたら、助けてあげなさい。いいことをしたら、パパに会えるよ』って、話してたんですって」

待合室には次から次へと患者がやって来て、子供や大人で騒然としている。山田はまだ、戻って来ない。

「晴臣君、学校でちょっといじめられてるんです。いろんな理由をつけて、授業もすぐ早退するし。だから余計、パパに会いたい、沖縄に行きたいって、言うんじゃないかな」

晴臣と初めて会ったとき、ランドセルや衣服に土がついていたのを秀太は思い出した。あれは押されて、倒れたときについた土だったのかもしれない。

ドアが開いて、ナースステーションから豊美と祖母が出て来た。育子が素早く立ち上がり、豊美に駆け寄る。

「これから手術になるって……」

豊美は真っ青な顔でそう告げると、顔を覆って、わっと泣き出した。

中央手術室の殺風景な広い待合室で、豊美、晴臣の祖母、育子、山田、秀太の五人が向かい合い、ソファに座っている。まだ他に手術中の患者がいるらしく、他に二組くらいの家族が待機しているようだ。

あれからいったん病室に戻った秀太だが、夜の内服と検温を終えると、食事も取らず、桐子を追い返してここに来た。山田はずっと病院にいたらしい。

「豊美。お薬を飲まないと」

祖母が声をかけたが、豊美は首を振った。

「でも、あなたの身体も心配だわ」

「そうよ、豊美さん。食べなくても、お薬だけは飲んどかないと」

育子にも言われ、ようやく豊美は立ち上がった。秀太は謝るタイミングが取れないまま、祖母と共に病棟に向かう豊美を、黙って見送った。

「どれくらいかかるんだろう」

「頭と足、同時にできなかったら、五時間はかかるかもって」

山田の疑問に、育子が応えた。

「あなたは家に帰らなくていいの？　子供や旦那さん、大丈夫なの？」

「私には、待っててくれるような家族はいません」

さも気遣った風な山田に、育子はぴしゃりと応えた。少しイラ立っているのがわかる。

このご時世、山田はステレオタイプ的決めつけが過ぎる。

「……すみません。私は、ちょっと、電話してきます」

山田はバツが悪そうに立ち上がった。これで育子とふたりきりだ。秀太は妙に意識し、緊張している。時刻は八時を過ぎていた。

「晴臣君のお父さんは、呼んであるのかな」

秀太は思い切ってたずねた。

「遠いから、すぐには来られないだろうけど」

「お父さんには連絡もしてないと思います」

育子はやけにきっぱりと応える。

「どうしてですか？」

「晴臣君のお父さんには正式な家族が、奥さんと子供がいるからです」

秀太は絶句した。事情があるだろうとは思っていたが、まさかそんなことだったとは。

「豊美さんは自分が勝手に産んだ子だって、認知もしてもらってないんです」

だから父親は、晴臣を迎えに来ないのか。晴臣が沖縄に行ったことがない理由にも合点がいった。

「晴臣君はパパのこと大好きで、沖縄にも行きたがるけど、豊美さんがご家族に悪いって、連れてかないの。パパの話を他人（ひと）にしたらダメとも言ってるし」

秀太はハンマーで頭を殴られたような気がした。そうとは知らずに、一緒にダイビングしたとか、沖縄に連れて行くとか、とんでもない嘘をついてしまった。

「上田さん、今、なんで認知させないんだって思ったでしょ？」

黙りこんだ秀太に、育子は続ける。天井の蛍光灯が、彼女のあせたジーンズの膝を白っぽく照らしている。

「私は豊美さんの気持ちがわかる。ひとりでも、がんの治療をしてても一人前にする。母親の気概っていうか、女の意地っていうか。私も病気して、もう母親にはなれないから、余計に」

「……すみません」

秀太はつい謝った。反応に困る話だ。けれど、誰にでも打ち明けることではないだろう。育子が自分を信用してくれたのは、正直うれしい。

「母親」の言葉に、秀太はふと思い出す。父が死んだときに、桐子が言ったセリフだ。

「大丈夫、秀ちゃん。父さんがいなくなっても、母さんがついてる。大丈夫。母さんが秀ちゃんのそばにいる。心配しないで」

あのとき自分は三十九歳だった。しかし母にそう言われ、秀太はとても安心したのである。

「ごめんなさい。私も動揺して、つい感情が高ぶって……。変な話をしてしまいました。

豊美さんには黙っててください。ほんとすみません」

育子が言い終わるかどうかのタイミングで、件の人物が声をかけてきた。

「秀ちゃん、こんなところでなにしてるの？」

桐子だった。

「なんでここが、わかったんだよ」思わず声がうわずる。

「だって、ごはん、食べてなかったから……。様子が変だったし、母さん心配で、気になって引き返して来たの。看護師さんに聞いたら、ここだって言われて……」

ひとつ手術が終わったようで、手術用の帽子とマスクをつけた女性が、待機していた家族を一組、待合室から連れて行った。

桐子は黙りこみ、笑みをたたえて立っている。それは秀太と共にいるときの、いつもの母の姿だった。

豊美と祖母が戻って来た。

秀太は驚愕した。豊美が桐子を見るなり、「あ、上田さん」と言い、桐子も「まあ、大河内さん」と、応じたからだ。

「知り合いなの？」

「ええ。外来診察のときに一緒になって。待合室で話すうちに、お友だちになったの」

祖母の問いかけに、豊美が応えた。桐子は笑顔でうなずいている。

まさか桐子が、ここの外来を受診していたとは。

「な、何科に行ってるんだよ？」

「婦人科。まだ結果が出てなくて、わからないんだけど、豊美さんと同じ手術を受けるかもしれなくて、お話を聞かせてもらったの。ごめんね。秀ちゃんに心配かけちゃいけないと思って、言わなかったの」

秀太はパニックに陥った。

頭の中のスピーカーが早送りで、ＹＭＯのライディーンを響かせている。

知らせれば、晴臣の父親はとんで来るのではないか。晴臣に嘘をついたのは間違いだった。山田はどうして、いいヤツになってしまったのか。煙草は病気で止めて、気持ちを落ち着かせるためのお守り代わりに持っていただけだったのに、なぜ買わなくていいと言えなかったのか。育子ともっと近づきたいと思う自分は、図々しいのか。俺の人生は終わったのに、なんでまだ病院にいるのか。桐子の足も、ゾウのように浮腫んでしまうのか。

いったい俺は、これからどうすればいいのだろうか――。

頭を抱えた秀太に、またもや、声をかけてくる人物が現れた。

「おお、君、こんなところにいたのかい。今日は全然病室にいなかっただろう。探してたのに」

キッチン花の、じいさん先生だ。

「君、晴臣君とゴーヤチャンプルーを食べたがってただろう。だからごちそうしてあげようと思って、準備したんだよ」

いや、晴臣は、サーターアンダーギーを作ってと、言ったと思いますが……。

秀太の頭はパンク寸前だ。

「無理です。晴臣は今、大きな手術中なんです」

代わりに豊美が言ってくれた。しかし、じいさん先生は動じない。

「ああ、今見てきた子は晴臣君だったか。残念だな。せっかくゴーヤチャンプルーもソーキも準備したのに」

「え？　先生、手術室に入ったんですか？」

豊美が真っ先に食いついた。

「ああ、たった今、様子を見てきたところだ。オペ室回診をして、帰ろうと思ったからね。順調に折り返し地点に来とったよ。亀川君もずいぶん手術がうまくなったもんだ」

じいさん先生は、呵々とばかりに笑った。

「なんだい、みんな深刻な顔をして。……だーいじょうぶだって。医者は一所懸命やっとる。君たちが青っ白い顔してため息吐いたって、なんの足しにもならん。笑って待ってなさい」

じいさん先生は、身もふたもないことを言う。とはいえ、手術の進み具合を知ることができた、みんながホッとしたのは確かだ。

「君ら、その様子じゃ、夕飯食っとらんだろう。ん？」

　全員がこっくりとうなずいた。

　そこへ長電話を終えた山田が戻って来た。誰だ、この医者と年寄りは。そんな顔で、じいさん先生と桐子を見比べている。

「君らが倒れたら、晴臣君はオペ後、どうしたらいいんだね。さあ、腹ごしらえだ。全員、キッチン花に来たまえ」

「……キッチン花？」

「そうだよ。ひい、ふう、みい……六人か。ま、足りるだろう。よかった。せっかくの食材が無駄にならなくて」

「私は遠慮します。普通の食事を取ると、胃けいれんを起こすんです。スイーツならＯＫなんですけど」

　状況を理解していないだろうに、山田はしっかりと病を主張する。前から感じていたが、山田は自分の病気を喜んでいるフシがある。

「なに言っとる。胃けいれんは、ほとんど精神的なものが原因だ。栄養つけないと、治るものも治らん。さあ、来たまえ」

　じいさん先生は怒ったように言い、ガラ携をポケットから取り出して、電話をし始めた。

「お、綿さん。私だ。……なに、今風呂に入るところ？　ちょっと待ってくれないか。……いやいやいや、すまんすまん。どうしてもゴーヤチャンプルーを食べたいってのが、六人も泣きついて来てねえ。連中、腹ペコなのだ。頼むよ、綿さん、助けてくれよー」

待合室に響き渡るくらいの大声で話すじいさん先生を、六人だけでなく、もう一組の家族も唖然として見つめていた。

雨の降りしきる中、正面玄関から別館まで二十メートルほどの距離を、傘をさした七人はぞろぞろと歩く。秀太は桐子に、豊美は育子に、それぞれ傘を掲げてもらっている。

唐突な展開だが、心配することに疲れた六人は、押しの強い医者の言うことを聞くのが一番と考えた。豊美に事情を説明された桐子も、今度は晴臣を心配し始め、自分も是非とばかりについて来た。

「まあ、きれい」

四階のキッチン花の客席フロアに入るなり、豊美が声を上げた。

フロアの蛍光灯は半分に落とされ、部屋の四隅に取りつけられたライトが天井を照らし、部屋全体を浮き上がらせていた。温室のコスモスにはスポットライトが当たり、ガラス壁の雨粒に乱反射した光が幻想的だ。さっきまで妙に明るい待合室にいた秀太は、それだけで肩の力が抜けるのを感じた。

白いテーブルクロスがかけられた円テーブルに六人は着席する。時計回りに、豊美、祖母、桐子、秀太、山田、育子の順である。

「まずは、のどを潤したまえ」

じいさん先生がトレイに六つ湯呑(ゆのみ)を載せて、部屋に入って来た。白衣を脱ぎ、ワイシャツの上から白い胸当てエプロンを着けている。

湯呑の中は濃い煎茶(せんちゃ)だった。熱すぎない緑茶の渋みが、尖っていた神経をやさしくほぐしてくれた。雨音が余計な会話を遠ざけ、居心地がいっそうよくなる。

「先生はレストランのシェフも兼ねておられるのですか?」

「いかにも。私は手術と料理の腕だけが取り柄でね」

じいさん先生の自慢に、山田が半ば面食らったところで、白い長袖(ながそで)Tシャツを着た綿さんが、料理をふた皿運んで来た。

綿さんは憮然とした表情だが、おそらくこき使われるのに慣れているのだろう。銘々皿や箸(はし)が足りているか、目でチェックしている。それにしても、この短時間で病院にやって来られるとは。ずいぶん近所に住んでいるようだ。

「おいしそう」

育子が緑鮮やかなゴーヤチャンプルーに目を輝かせた。もうひとつの大皿にはミミガー、すなわち、豚の耳の軟骨のサラダが盛りつけられていた。

育子が取り分けようと、取り箸をゴーヤチャンプルーに差し入れた。ゆらゆらと踊っていた鰹節がいっせいに倒れ、勢いよく湯気が上がる。ゴーヤは島豆腐と卵ともやし、そしてスパムのランチョンミートとともに炒められていた。

育子につられたように、桐子がミミガーのサラダを銘々皿に配分した。白い部分を薄いベージュが取り囲むミミガーのスライスは、生野菜とともに和えてある。

「いただきましょうか」

五人がそれぞれに箸を取った。秀太だけは、利き手でない左手を使わねばならないため、フォークを握っている。

ゴーヤは縦割りにしたものを、斜めに切ってあった。ちょうどいい厚みがシャキシャキした食感を呼び、卵の軟らかさといいコントラストだ。ランチョンミートと鰹節と醤油が合わさったうまみは、白飯がないことを惜しませる。緑色の野菜料理など気が進まなかった秀太だが、この苦みはイケると、フォークをどんどん自分の皿に伸ばした。

家では野菜をほとんど取っていなかった。作ってもどうせ食べないと、桐子も秀太の好む、肉料理や揚げものばかりを作っていた。

ゴーヤチャンプルーにかすかに混じる、小さな黒い粒々は島胡椒だ。つる植物であるヒハツモドキの種子は、ピーヤシ、ヒバーチ、またはピパーツとも呼ばれ、沖縄的な独特の甘い香りがする。きっと、ほかの野菜の炒めものにかけても、うまいに違いない。

「めちゃくちゃ、おいしいですね」

　山田のがっつき方は、持病を忘れてしまったかのようだ。

「炒めても崩れないお豆腐なのね」

　晴臣の祖母が感心したようにつぶやくと、豊美が言った。

「島豆腐が入ってないと、チャンプルーとは言わないのよ」

　島豆腐はチャンプルーの必須アイテムだ。島豆腐が入らない炒めものは、沖縄ではイリチーと呼ぶ。

「チャンプルーって、どういう意味だろう」

「ごちゃ混ぜ、という意味です」

　山田の疑問に応えると、豊美は急に箸を止めて語り始めた。

「私にとって晴臣は島豆腐と同じです。だって私の人生、チャンプルーみたいなんだもの。だから晴臣がいないと、私じゃなくなる。あの子がいてこそ、私の人生なの……」

　豊美はメソメソし始めた。祖母が心配そうに、豊美の背中を撫でさする。

「晴臣君は絶対に助かります。それに私の人生も、チャンプルーさでは負けてない」

　育子はきっぱりと言い、ミミガーのサラダを、パクパクと口に入れた。

　二ミリほどの厚さに切られたミミガーは、千切りキャベツとオニオンスライス、かいわれ大根とポン酢醬油で和えてある。振りかけられたごま油が香ばしく、ミミガーの脂にマッチしていた。

　黙々とミミガーのサラダを食べていた山田も、おもむろに語り始めた。

「私の人生もチャンプルーですよ。あの先生の言う通り、私の胃けいれんは精神的なものが原因なんです。でも晴臣君に出会ってから、一度も痛くならない。あの純朴な笑顔に癒されたからだ。私は晴臣君に恩返しをしたい。いや、しなければならない」

「私、あの子の看病をしないといけないんだもの。食べなくちゃ」

　山田が話し終わると、豊美は自分に言い聞かせるように、箸を持ち直した。娘の様子に祖母もつられて、箸を手にする。みんな、大なり小なりいろいろあるようだ。

「さあ、おまたせしたね。ソーキそばができ上がったよ」

　じいさん先生と綿さんが、トレイにラーメン鉢を載せてやって来た。

　ふうわりと湯気の上がる沖縄そばは、カツオ出汁と豚のスープのいいにおいがする。豚のあばら肉・ソーキと青ねぎの小口切り、白いかまぼこ、中央には紅生姜が載っている。

「お好みで、これを使ってくれまえ」

　島唐辛子を泡盛に浸けたコーレグースーをテーブルに置き、じいさん先生は腰に両手をあて、六人を見回した。綿さんだけがひとり、そっと部屋から出て行く。

「いただきましょう。晴臣君にエールを送るためにも、我々は食べねばなりません」

　山田が沖縄そばの束を箸でつまんだ。

「食べて体力つけないと、晴臣と走り回って遊んであげられないわ」

育子が力強く言うと、祖母も「あの子にごはんを作ってやらなくちゃ」と言い、桐子までもが、「晴臣君がどうか助かりますように」と祈り、ソーキそばを食べ始めた。

待望の炭水化物を目の前に、秀太は微動だにしない。

ただ黙って、食べるだけでいいのか。自問自答するように、必死に考える。

みんなそれぞれ、晴臣のためになにかしたいと願い、できる人たちだ。しかし、自分は――？　じいさん先生の視線が、秀太に突き刺さる。

「……どうしたの？　食べないの？」

「俺は食べる資格がない」

秀太は笑顔の桐子にポツリと応えた。

「食べても、俺は晴臣になんにもしてやれない。こんな身体じゃ、誰のためにも、なんの役にも立たない。頭の先生にも、『体重を減らせ』って、言われてる」

今さらながらの秀太の言葉に、豊美が口を開いた。

「晴臣は上田さんに、沖縄に連れて行ってほしいと言ったでしょう？」

「……はい」

まさか豊美に、あの嘘を話したのだろうか？　そんな身体でよく言うわねと、思われたのではないか。秀太はギクリとした。

「あの子、上田さんは沖縄でパパとダイビングしたって、はしゃいでました」

秀太を見ていた豊美は、温室の方に目を向けた。

「うまく話を合わせてくださったんでしょうけど、晴臣はとても喜んでました。希望を持ったんでしょう。私はこんな身体だし、あの子の父親とはいろいろあって、沖縄には連れて行けません。勝手なことを言うようですが、上田さんの顔が見えないと、晴臣ががっかりすると思います。だからどうか、あの子に顔を見せてやってください。どうか食べて、力をつけてください。お母さんのためにも、リハビリをがんばってください」

胸がつまった。

豊美はなんとやさしく、なんと強いのか。自身も病気で、子供も手術の真っ最中なのに、他人に温かい言葉をかける余裕があるなんて。

秀太はにじんだ涙をごまかすように、左手でフォークを取った。

ラーメン鉢の中身をフォークですくい上げると、指にいい感じの重さが伝わってきた。澄んだスープが、粗い麺の表面にからんでいる。沖縄そばの独特の食感が、次のひと口を早く早くと要求する。丁寧に煮こまれたソーキはやさしい塩味で、骨に沿ってフォークを入れると、簡単に身がはがれる。嚙むと、身の締まった繊維が軟らかくくずれ、さっぱりした厚い脂は、紅生姜と好相性だ。

秀太は洟をすすりながら、食べ続けた。

「食べることは大切だよ。ただし、偏らず、食べ過ぎず、だ」

　黙ってテーブルの会話をうかがっていたじいさん先生は、初めて口を利いた。もしかしたら最初から、秀太のなにもかもを、知っていたのかもしれない。

「本当に、おいしいですね」

「カツオ出汁がいいのよね」

「ああ、辛い。コーレグースーを入れ過ぎた」

「あははは」

　みんな洟をすすりながら口々に言い、目が合うと、互いに微笑み合った。

「どうやら、全員、前向きになったようだね」

　六人の笑顔に、じいさん先生は満足げにうなずき、「晴臣君が動けるようになったら、サーターアンダーギーをみんなで食べに来なさい」と、思い出したようにつけ加えた。

　食事を終え、満腹感に浸っていたようだった育子が、おもむろに頭を下げた。

「上田さんのおかげで、こんなにおいしいごはんが食べられました。どうもありがとうございました」

　そして育子の言葉を皮切りに、山田も祖母も、豊美までもが、口々に秀太に礼を言った。

　思いもかけないところからの感謝の言葉に、秀太は戸惑ってしまう。

「ああ、よかった。秀ちゃんが食べてくれた」

そこへ桐子が、心底ほっとしたようにつぶやいた。

「本当によかったですね、上田さん」

今度は桐子の方を見て、豊美がうなずいた。

秀太の頭は、一気にクリアーになった。

こんな自分も、誰かの役に立ったらしい。もしかしたら本当に、晴臣を励ますことができるかもしれない。

山田を許すも許さないも、これからの俺の人生には関係がない。育子と友だちになれるように、ちょっと努力してみよう。桐子の病気がどうなるか、考えてどうなるものでもないだろう。

夜が深まり、いつのまにか窓から見える病院の灯り(あか)が減っていた。

フロアの間接照明が、六人とじいさん先生の影を浮かび上がらせている。雨の滴が温室のガラス壁を洗うように流れていく。水滴の影を花びらや葉に映したコスモスは、まるで水の中で咲いているかのようだ。

身体に力がみなぎっている。まさか今ごろ、将来の夢ができるなんて思わなかった。

東風が耳の奥にこだまする。

沖縄の海に再び行こう。「嘘から出たまこと」じゃないが、晴臣を沖縄に連れて行ってやりたい。

遥か上方からキラキラと太陽の光が降り注ぐ海中を、自由に果てしなく、両腕を広げ、前へと進んでいく。右腕や右足の重さも、海の中では関係がない。もし潜れなければ、泳ぐだけでもいいじゃないか。

病気になってよかったと、秀太は心から思った。

豊美と桐子の姿が、重なって見えた。もちろん、豊美の母親もだ。「母親」というものは、みんな、どこか似ている気がする。

「母さん。今までどうもありがとう。俺、ひとりで歩けるように、がんばるよ」

「……笑ってたら、いいことあるって、本当だねえ」

真顔で宣言した秀太の瞳に、しわくちゃの母の泣き顔が映った。

本書は、書き下ろし作品です。

ハルキ文庫

星空病院(ほしぞらびょういん) キッチン花(はな)

著者	渡辺淳子(わたなべじゅんこ)
	2019年12月18日第一刷発行
発行者	角川春樹
発行所	株式会社角川春樹事務所 〒102-0074 東京都千代田区九段南2-1-30 イタリア文化会館
電話	03(3263)5247(編集) 03(3263)5881(営業)
印刷・製本	中央精版印刷株式会社
フォーマット・デザイン	芦澤泰偉
表紙イラストレーション	門坂 流

ISBN978-4-7584-4313-5 C0193 ©2019 Watanabe Junko Printed in Japan
http://www.kadokawaharuki.co.jp/[営業]
fanmail@kadokawaharuki.co.jp[編集]　ご意見・ご感想をお寄せください。